U0612775

樂 府

.

心里滿了，就从口中溢出

大　慈　寺

何 大 草

[著]

SPM
南方传媒

广东人民出版社

·广州·

【 目 录 】

【 主 要 人 物 】

李还珠　25 岁，出生于文庙前街李家院子；世代从军。其父李存义死于战场，其兄李还棣死于肺痨，其母李夫人死于心梗。军官学校毕业，任川军后勤部少校副官。

朱福田　62 岁，福田财团董事长，锦江慈善基金会主席，大学名誉校长。出生于北郊凤凰山一乡绅之家。早年远走上海，经商致富。约 40 岁还蜀，在大慈寺皈依，成为俗家弟子，致力于慈善和教育事业。

朱夫人　42 岁，出生于成都一个破落世家，少时饱读诗书。19 岁嫁朱福田，做贤妻良母，相夫教子。

朱　珠　20 岁，朱福田的女儿，先后就读于四川大学文学系、华西协合大学家政系，大二学生。

陈宝宸　27 岁，朱夫人的侄儿，由朱福田出资，去比利时留学四年，归国后成为朱福田的秘书。

范二娃　15 岁，勤务兵，出生于西郊营门口一佃农家庭。其母范姆姆，曾在李家做过多年保姆。

关连长　37 岁，世居小关庙街，开镖局为生。旧式押镖业衰微后，投身川军，任后勤部上尉运输连长。

半边黑　50岁出头，出生于江口镇；岷江上的盗匪。

包驼背　79岁，茶铺老板。

卖炭翁　年近花甲，哑巴，在水津街经营一家炭火铺。

另有，僧人、绅士、大亨、军官、大夫、茶客、教授、路人等等。

山门外

〔 1930 年代中期，成都。秋天，薄暮。

〔 大慈寺山门外。

〔 山门大开，有木鱼声传出来，但不见和尚、香客的身影。四周一片安静。

〔 大慈寺始建于唐代，匾额由唐玄宗手书。极盛时有千亩之广，为天下占地面积最大的寺院。之后千余年，因改朝换代、兵火战乱，大慈寺持续破败，到民国年间，已缩小为城中的一座小庙子。

〔 但，山门依旧巍然，加之门外两棵嵯峨的古银杏，仍有曾经煊赫一时的派头。这也让人猜想，寺内还隐有神秘高僧、珍稀佛典，以及玄奥的修行之途。

〔 成都最繁华的商业区——春熙路、东大街，距大慈寺仅一箭之遥。那边的喧嚷，更衬出这边的冷寂。山门外有一块空坝，略似小广场。空坝周边，是北

糠市街、南糠市街、东糠市街、西糠市街、和尚街
等几条小街。临街均为矮小木屋，间杂着几家干杂
店、小面馆、麻油铺等，下午早早就打了烊。街头
巷尾，阴黢黢的。居民关起门过日子，人迹寥寥。虽
说位于成都的腹地，却很有几分像偏僻的乡场。

〔 只有初一、十五、赶庙会，这儿才会有一点骤然
而至的闹热。

〔 此时，树叶正在转黄，空坝上落了很多银杏的果
实，俗称白果，是用来炖鸡汤的好食材。

〔 大树下，开了家小茶铺，半在屋内、半在露天。蓝
布白字的店幌："空了吹"。店幌陈旧，沾着污渍。

〔 两张小方桌，几把竹椅。桌上摆了两碗盖碗茶。还
有一支步枪斜靠着桌沿。

〔 两个军人，一高一矮。高个子背对观众，在上下
打量着银杏树。矮个子则蹲下，捡满地的白果。

〔 茶铺老板包驼背，满头白发，手脚哆嗦，进进出
出地掺茶、扫地、抹桌子。

〔 川剧锣鼓点响起，且渐响渐强，压过了木鱼声。

讲述人 （隐身幕后。男中音，略显苍老、沙哑，但厚实、沉稳）成
都城，北门到南门，穿城九里三。从文庙前街到大慈寺，
弯弯拐拐，也是九里三。走完这九里三，李还珠用了二
十五年的时间。

〔锣鼓点猛然一收。
〔高个子转身面对观众。矮个子也站起了身。
〔李还珠，瘦高，穿少校军服，佩武装带，皮带扣、
纽扣亮晶晶的；眼睛也很明亮。
〔范二娃，矮个子、圆胖，憨气。身上的小兵服，拖
到了膝盖。

李还珠 （嗓音年轻、清亮）我就是李还珠。
范二娃 （嗓音中还带着娃娃腔）我是范二娃，侍候小少爷的小
跟班。（对李还珠）小少爷……
李还珠 啥子小少爷！二娃，你而今是军人，要有军人的样
子。给你说过了好多回，叫长官。
范二娃 是，小少爷！长官，我叫了你十几年的小少爷，叫

顺了。

李还珠 十几年？

范二娃 我妈在少爷家当过保姆。四岁起，我就跟在你屁股后头跑，至少也有十一二年嘛。

李还珠 时间过得太快了！

范二娃 快？我咋觉得太慢了呢。我们在庙子门口，把两碗茶都喝白了，你等的朱小姐还没来。她安心整你的冤枉嗦？

李还珠 乱说。朱小姐是大家闺秀，朱先生的独生女儿，摆点架子还是应该的。

范二娃 长官，你好歹也是个少爷嘛，就不怕丢面子？

李还珠 男儿见了美人，气短才算英雄。这个面子，我舍得丢。（拍范二娃的肩）坐到，再喝两碗。

范二娃 （把白果放到桌上，端起茶碗呷了一口）茶都冰凉了。老板，换茶！

〔包驼背上，提着茶壶，跌跌撞撞。

包驼背　两位官长见谅哈，我也是个黄土埋到颈项的人了哦……（把冷茶泼掉，抖入新茶叶，掺上鲜开水）做一天算一天。

李还珠　交给儿孙做嘛，你回家享清福。

包驼背　开茶铺本小利薄，儿孙都看不上，情愿在棺材铺给人家当木匠。（叹气）空了吹、空了吹……（下）

　　　　〔李还珠很有兴致地，里外打量茶铺。

　　　　〔范二娃拿指节敲桌子，提醒李还珠把刚才的话说完。

范二娃　这个驼背，硬是废话多。我们接到说：小少爷不要面子，我也只有把脸抹下来揣在裤子包包头。

李还珠　（哈哈大笑）范姆姆，就是你妈妈，她就常跟我说，死要面子活受罪。

范二娃　嘿嘿嘿！

李还珠　说实话，范姆姆虽是我家的保姆，对我，就跟亲妈差不多。

范二娃　我妈就常跟我说，要我把小少爷当自家的亲哥哥。我听到这个话，简直就想哭……

李还珠　（长叹一口气）哭啥子！可惜，我的亲哥哥李还棱死了一十四年了。

范二娃　（上下打量李还珠的军官服）大少爷要是还在，岂止是少校，多半都当将军了。

李还珠　（侧脸望了下大慈寺山门）我哥哥要是还在，多半已经出家，当了和尚了。

范二娃　（双手合十，闭了下眼睛）阿弥陀佛。我妈说过，大少爷是大善人，当了和尚也是大和尚。

李还珠　（摇摇头）当和尚要念经，当大和尚要讲经说法，要狮子吼。我哥哥不得行，他自小就是半条命……

范二娃　少爷家的事，我只晓得眼屎粑粑一点点。我问我妈，她就要撕我的嘴，不准问。小少爷，到底问得、问不得嘛？

李还珠　有啥子问不得的呢。二娃，你都看到了，就是两个字：遭孽！

范二娃　遭孽？我不信，还有穷人家遭孽？

李还珠　你父母双全，还有一个哥哥、四个姐姐是不是？

范二娃　（叹气）是。

李还珠　我呢，两岁就死了爸，十一岁死了哥，我连他们长
　　啥子样子都快要搞忘了。

范二娃　咳……老爷又是咋个回事嘛？

李还珠　龙门阵摆起来，话就长了。我爷爷的爷爷的爷爷……
　　是南门上有名的街娃，操扁卦、耍大刀、喝大酒、赌大
　　钱，乾隆年间，为了躲赌债，就投了军，跟随岳钟琪打
　　大小金川。他上阵不要命，砍缺了三把大刀，也被鸟枪
　　的铁砂子射瞎了一只眼。论功行赏，升了管代！相当于
　　而今的营长。从此之后，李家代代当兵吃粮。我爷爷自
　　然也从军，但他好歹还念过两本书，中过武秀才，也做
　　到了巡防军管代。有一回，在东较场操练新军，耍洋枪，
　　突然就被一颗子弹打死了。就连是哪个龟儿子擦枪走火，
　　至今也没弄醒豁[1]！

范二娃　（吐了下舌头，把桌边的长枪提过来，啪地一顿。他人还没
　　有枪高）小少爷，你放心，这把枪我从来也不装子弹。

李还珠　不装子弹？跟烧火棍有啥子区别呢！

范二娃　（噘嘴）那……

李还珠　不怪枪，怪命！我爷爷算是……死于非命。提督老
　　　　爷开恩，让我爸补了额，还送去武备学堂泡了两年，出
　　　　来也做了个官长，带百十号的兵。才二十八九岁，前程
　　　　是很有可为的。可惜……

范二娃　可惜？

李还珠　那一年，棒老二在西岭雪山闹大了，安营扎寨，想
　　　　翻天！我爸带了兵，跟随提督爷去剿杀。攻到寨门下，连
　　　　棒老二的影子都没看清楚，就被一排土炮轰翻了！满脸、
　　　　满身都是血……临咽气，他留了一句话：两个儿子，弃
　　　　武学文。家里就剩我三十岁的妈、九岁的哥哥、两岁的
　　　　我，还有一个保姆范姆姆。

范二娃　咳，是太惨了些。

李还珠　为啥子这么惨？

范二娃　（抠头皮，咕哝）是不是命哇？

李还珠　是命，又不是命！我妈妈去大慈寺，请教了法师。法
　　　　师说，是孽。前世、前世的前世作的孽，这一世要还。这
　　　　一世积的德，下一世、再下一世要报。不是报应，是福

报。我妈妈就想通了。她带着范姆姆，三天两头去大慈寺烧香。戒了荤，吃素，还把嘴边的馒头、锅盔掰一半给叫花子。走路也怕把蚂蚁踩死了。

妈妈把哥哥和我，先后送进文庙的学堂里读书。却又从大慈寺请回一大堆经书喊我们念。早晚对着祖宗的牌位和菩萨像磕头。

这些，范姆姆都给你说过嘛？

范二娃 我妈说过的。大少爷肯读书，念完了小学堂，又念中学堂，回回考试，成绩都是顶破了天的！校长还许愿，大少爷毕业了，可以申请官费放洋。等而其次，也能拿奖学金在华西坝洋人开的医学院念书，开膛、破肚、拔牙齿！

李还珠 可是，哥哥说，他哪儿都不去。他要去大慈寺出家，做一个火工头陀，做打扫园子、做清洁的粗和尚。把每一道门槛擦干净，让千人踏、万人跨，为李家赎罪孽。

我妈和范姆姆都哭了。哭了又笑，笑了又哭。我呢，没哭、没笑，只觉得他们都像是得了神经病。

范二娃 哈哈哈！（赶紧捂住嘴巴）

李还珠 （瞪了范二娃一眼，但没生气）相比哥哥，我算顽劣不堪。上课打瞌睡，把毛毛虫放到老师讲桌上，还翻墙逃课。家里的佛经从没读完过一页，倒是每天要在城门洞口、南门大桥上，惹是生非，打一架！回家时鼻青脸肿。范姆姆见了，必念阿弥陀佛。我妈就用鸡毛掸帚子收拾我一顿。哥哥呢，气得脸发青，痛苦地咳！咳！咳！像把心都要咳出来了。

范二娃 （老气横秋）摊到你这个弟娃，他心都操烂了。

李还珠 不过，我虽顽劣，但听佛祖的故事，还是有点兴趣的。譬如，舍身饲虎。我就说，佛祖咋不买头猪儿喂虎呢？偏要拿自己入虎口。这算不算迂夫子？

我妈说，佛不杀生。范姆姆说，猪也是一条命。我就反问，佛是不是一条命？她们答不出来，我就哈哈大笑！

范二娃 （非常畅快）哈哈哈哈哈！那，大少爷又咋个说呢？

李还珠 哥哥眼中，我是个说瓜话的瓜儿，他懒得理睬我。他学着佛祖的样子，在街上乞食，也在街上施舍、劝善，还给同学讲《心经》。在家里，早上撒一把米到屋檐上，喂

麻雀。晚上给妈妈洗脚。还要给范姆姆也洗脚。范姆姆
吓得跪下来，哥哥也给她跪下来。

范二娃　这个事，我妈倒是给我说过的。我妈说，大少爷是
　　　　脑壳出了问题了，咋个连主仆都分不清楚了嘛！

李还珠　哥哥的脑壳是清醒的。他得的病，是肺痨，没日没
　　　　夜地咳，咳出一口一口的血。妈妈熬的药水，把哥哥的
　　　　肠子都染黑了。可是，不起效，一天天瘦下去……（从
　　　　上衣口袋摸出一张照片，递给范二娃）你看，这张全家福。

范二娃　（端详照片）硬是瘦得皮包骨头的。不过，大少爷的
　　　　鼻子又高又长，简直像把刀。

李还珠　（把照片收回来）他的大眼睛也是冰冷的，咄咄逼人。
　　　　我简直不敢正眼看他。

范二娃　可我妈说过，大少爷心肠最软了。

李还珠　岂止是心软。他对一片树叶也是怜惜的。睡觉前，还
　　　　要在灶头放半碗剩饭，生怕老鼠饿到了。

范二娃　可惜好人不长命……

李还珠　他熬过了十八岁生日，连大夫都不肯下方子了，说
　　　　省点钱办丧事吧。我哥说，我还不想死！我妈和范姆姆

就说，你还有好多年要活呢。他笑了，看着我，用从没有过的温和眼神，最轻的声音，对我说：弟娃，你要代我好好活下去。我呆呆的，说不出话来。他又说：妈妈，我要死了。我投胎回来，下一世还做你的儿子。妈妈忍住不哭，笑着说：做我的儿子有啥子好，尽受罪。你要去天堂！我哥也笑了笑，他说：活着便是天堂，一天就足够尝到全部的幸福！（陷入沉默）

范二娃 （向天空、四周看了看）大少爷，该怕是已经转世回来了吧？

李还珠 （哈哈大笑，敲了下范二娃的头）你脑壳头在想些啥子哦？转世！

范二娃 （嘿嘿笑，摸头）我妈就老骂我，猪脑花。

李还珠 （又看了看照片，小心放回口袋里）我哥哥死后，我妈身体也垮了。幸亏，范姆姆没有车身就回营门口。她帮扶着，硬把这个家又撑了几年。

范二娃 那两三年，我隔三岔五从营门口进城，吃住在少爷家，也很开了些眼界。小少爷还偷偷带我出去下馆子，吃了好多回肉嘎嘎。（惬意地拍拍肚子）

李还珠 唉，少年不识愁滋味，天天只想吃油大。坐吃山空啊！我十五岁，我爸从前的朋友把我拖进军中，从此吃穿不愁。再过几年，又送我到武汉、南京，读了几年军校。等我回成都，我妈坟上的草，都有一尺多深了。范姆姆，也回老家喂猪、喂鸭、种菜了。

范二娃 我妈说，小少爷在外边那几年，她天天陪太太去大慈寺烧香、磕头，求菩萨保佑你。把磕膝头都跪烂了。

李还珠 大慈寺，是我的伤心地！我这辈子，怕是没勇气跨进这道山门的。

范二娃 我妈说，喜得好小少爷争气，当了官长，用兵如神、战功赫赫、屡战屡胜！还在棒老二的刀口下，救出了一条大肥猪。

李还珠 （呵斥）啥子战功赫赫？空了吹！啥子大肥猪！是绑匪绑架的有钱人，俗称肥猪票。

范二娃 我晓得，我晓得。这条大肥猪，就是朱福田，朱大老爷！

李还珠 （笑）没有你不晓得的事。

范二娃 是个人都晓得啊！朱大老爷的金子，买得下半个成都城。春熙路的商铺,都有他入的股。锦江上跑的船,运的都是朱家的货。司令、师座、大老板、袍哥大爷、舵把子、大教授,都是朱公馆的座上宾。这九里三分的城里头,朱大老爷,第一财神大菩萨(比大拇指)!

李还珠 乱讲。不是财神菩萨,是活菩萨!朱先生每年给孤寡老人、寒门弟子捐的钱,够你一百个范二娃吃十年!他还给大慈寺翻修藏经楼,给如来佛、观音娘娘塑金身,捐资办学,修桥补路……你扳起指拇儿[2]算,算得过来不!

范二娃 (憨笑,摇头)嘿嘿嘿!咋算得过来呢。

李还珠 我最佩服的,却还不是这个。朱先生不仅是善人,也是我见过的,最心口如一的人。除了我哥哥,就数他是至诚君子了。每次去他家做一回客,听他一席话,我觉得自己都变得越来越像个好人了。

范二娃 小少爷本来就不是坏人嘛。

李还珠 (大笑)不算很坏,还是有点坏。

范二娃 那,朱小姐算不算善人呢?

李还珠 朱小姐是镜子,我照见自己的愚蠢。

范二娃 好玄哦……

李还珠 朱小姐读过很多书。我叫她小珠子，她叫我还珠哥，说我有街娃气、草莽气、游侠气、少年气，还有一点英雄气，嘿嘿嘿。还说，我就像一首古诗里写的少年，新丰美酒、系马高楼……把我都听晕了。

范二娃 啥子诗？

李还珠 （抠头皮）我也忘了。只记得，写诗的，是个唐代的居士。

范二娃 朱大老爷也是居士啊。他也写诗哇？

李还珠 朱先生不写诗。朱小姐写过诗，写满了三大本，她说，后来都烧了。

范二娃 （连连摇头）烧了？搞不懂、搞不懂……

李还珠 你不懂就对了。你懂的事，都太简单了！

范二娃 小少爷说得对。总而言之一句话：你救过朱大老爷的命，是他的大恩人。他呢，是你的大贵人。

李还珠 大贵人？

范二娃 小少爷不是就要当他的乘龙快婿了嘛？

李还珠 （揭了军帽，抠抠头皮，笑了笑）这个嘛，意思是有了，不过，大家都还没说破。

范二娃 那今天就说破讪！要不然，下次回来，又要一个多
月了。

〔李还珠点点头。又从口袋里摸出一个红丝绒小
包，打开来，里边是一对玉镯子。

李还珠 这对玉镯子，是我妈嫁入李家时，我奶奶戴在她手
上的。我今天，要送给朱小姐。

范二娃 朱小姐戴到手腕上，肯定脸都笑烂了。

李还珠 （狠狠瞪了范二娃一眼）脸笑烂了，还是朱小姐！你以
为像乡坝头的村姑嗦？

范二娃 （不服气，咕哝）她咋个会像村姑呢！从脸上到脚上，
像是抹了几层雪花膏，卡白。

李还珠 卡白？叫冷艳。

范二娃 啥子冷艳？我懂不起。她瘦得哦，活像冷风中的一
根豇豆。

李还珠 （揪范二娃的耳朵）越说越来劲了！

范二娃　（脸上做怪相）说错了，说错了。朱小姐样样儿苏气[3]，

　　　　穿得也苏气，瘦是瘦，倒是苏苏气气的一个大小姐！

李还珠　岂止苏气！朱小姐是雪天的腊梅，自带冷香。

范二娃　（突然用鼻子吸了一口气）小少爷，闻到了没有？好臭。

李还珠　（正待发作，却也吸了一口气，做了个捂鼻子的动作）有人

　　　　把白果踩烂了。

范二娃　（突然向山门一指，要大喊，又马上改为悄声）朱小姐来了。

　　　　〔李还珠显得有些激动不安，把玉镯子放回口袋，

　　　　又整了整衣冠。

范二娃　朱小姐不是一个人来的哦。

　　　　〔朱珠、陈宝宸并排走出大慈寺山门。朱珠苍白、纤

　　　　细，女大学生打扮，留刘海，穿旗袍、长长的白袜。

　　　　陈宝宸西装革履，戴了一副金丝边眼镜，看上去比

　　　　李还珠斯文，且更为轩昂、神气。

　　　　〔一个和尚把朱福田和朱夫人送到山门口，合十

而别。

〔朱福田穿长衫，脖子挂佛珠，手腕缠念珠，面含微笑。他只有六十岁出头，但头发已然尽白，皱纹又深又密，有如木刻。他是严肃的，即便微笑，也有着二分冷漠和疏离。

〔朱夫人很有中年贵妇的端庄之美，穿旗袍，搭披肩，富态、慈祥。但眉宇间带一点忧思。

李还珠 （脸上有点失望,但随即淡定了下来）是朱小姐的表哥陈宝宸，也是朱先生的秘书，有名的笔杆子。

范二娃 （笑）见过的，嘿嘿嘿。笔杆子肯定输给枪杆子。

〔陈宝宸突然趔趄了一下。他提起脚来，看看鞋底，骂了一声。

〔朱珠用白手帕捂住鼻子。

陈宝宸 倒霉，今天踩了几回白果了。

朱　珠 （微笑，宽慰）白果虽臭，白果炖鸡还是多香的。

〔见状，李还珠和范二娃相视一笑。

朱　珠　（朝向李还珠）还珠哥，久等了吧？

李还珠　不算久，小珠子。反正莫得啥子急事，我跟二娃喝
　　茶扯闲条[4]。

陈宝宸　本来，我们是要请李副官一起听住持讲经说法的。珠
　　妹又说，大慈寺是你的伤心地，就算了。好在，你没急事。

李还珠　不急。

范二娃　（嚷了起来）啥子叫不急！天黑前就要赶回去，跟运
　　输连的关连长吃夜饭，给兄弟们训话，明天一大早就上路。

朱　珠　哦，还珠哥又要出远门？

李还珠　押一趟物资去云南，大概来回个把月。

朱　珠　还珠哥东南西北跑运输，见过的风光，数哪儿最
　　好呢？

李还珠　这个……最好的风光，该藏在还没见过的地方吧。

陈宝宸　（插话，笑）所谓跑运输，就是买卖军火嘛。天下要
　　太平，除非刀枪入库啊！

〔李还珠表情有点尴尬。

朱　珠　还珠哥别在意，宝宸就是爱说笑。

陈宝宸　（面有得色）一半是说笑，一半不算是说笑。

范二娃　（用手半掩嘴巴，踮脚凑近李还珠耳朵）小少爷，玉镯子，
赶紧哦。

陈宝宸　（向着朱珠，小声）珠妹，你不是有话要给李副官
说嘛？

〔一小会儿冷场。

李还珠、朱珠　（同时）还是等下回嘛。

〔朱福田在众人不觉之间，已经走拢了过来，并刚
好接住了他们的话。

朱福田　（和蔼、微笑）等下回，你们回来了，一起来寒舍做
客吧。还珠，把关连长也请上，我听说他一身虎胆，早

想跟他结识了。

〔 大慈寺内，暮鼓响起，山门缓缓关闭了。

订
婚

〔 冬至，下午。四圣祠街的朱公馆，一幢带花园的灰楼。

〔 四圣祠街位于大慈寺以北，约两箭之地。行道树高大茂盛，深墙黑门的大户人家比邻而居。多数是带小桥流水、亭台楼阁的中式庭院，朱公馆则是中西合璧。三层楼房，楼梯铺设了考究的红毯，墙上的装饰，则有书法条幅、泼墨山水、观音绣像等等。

〔 朱公馆以北，是成都最早的一家西式医院：仁济医院。再北，则是一座高耸的基督教礼拜堂。

〔 冬至，是一年中白昼最短的一天。下午四点过，光线已然麻麻黑了。街上在刮小北风，飘着雨夹雪。

〔 朱公馆三楼的书房，还没有开灯，但屋中燃着一盆炭火，气氛温暖、宁静。

〔 朱福田跪在一尊石雕佛祖前，边敲木鱼，边闭目默念《心经》。

〔朱珠上。她拿着一束腊梅，插入竹花架上的青花瓷瓶，随后站在父亲身后，合十等待。

〔朱福田念完了，站起，一转身，突然看见朱珠，惊骇失措。

朱福田　（叫）啊——！

朱　珠　（也吓了一跳，继而搂住父亲双肩）爸，爸爸！是我，珠儿。

〔朱福田长长地喘了一口气。

朱福田　珠儿……

〔朱珠扶朱福田在沙发上坐下，拉亮电灯，泡了一碗茶递过来。墙上现出悬挂的字画，一幅是墨浓字黑的隶书："一生几许伤心事，不向空门何处销？"另一幅是蕴含爱意的放生图。

〔字画下，有一架古筝。一张舒适的长沙发靠近墙壁。

〔书桌后的椅背上，搭着一件轻软的皮袍。

朱　珠　（半跪在父亲脚跟前）爸爸经历过无数惊涛骇浪，天不
　　　　怕、地不怕。刚才咋个会……？

朱福田　（用袖子揩了揩额角的冷汗）爸爸刚才把珠儿看成了另
　　　　外一个人。

朱　珠　另外一个人？哪个呢？

朱福田　（带点自嘲的笑，摇摇头）爸爸也说不清楚是哪个……

朱　珠　（指着墙上的字）是触到了啥子伤心事吗？爸爸在外，
　　　　行善积德；在家，则有贤妻爱女，满屋经书……正该身
　　　　心舒坦，吃得香、睡得踏实啊。

朱福田　珠儿说得对。不过，（语带怅然，有如自言自语）睡得
　　　　踏实，也会做梦……梦中的事，就很不简单啊。

朱　珠　（撒娇）那，爸爸刚才是边念经，边打梦觉哇？没有
　　　　专心专意哦。

朱福田　（爱抚女儿的头发，终于发出轻松、惬意的笑）嘿嘿嘿……

朱　珠　这会儿，爸爸梦醒了嘛？

朱福田　（若有所思，半对女儿、半对虚空）俗人说：人死如灯灭。

禅者道：人生如梦。人死了，也就是梦醒了……

朱　珠　我不喜欢这些话，听了心头莫名其妙地发慌。

朱福田　（仿佛把思绪从万里之外收了回来）好，爸爸再也不说

了。（指着古筝）来，给爸爸弹一曲。

朱　珠　（坐到琴前）弹啥子呢？

朱福田　《高山流水》。

朱　珠　弹了几百遍了。

朱福田　几百遍也不够啊……

朱　珠　爸爸老说知音难觅。珠儿不是爸的知音吗？

朱福田　珠儿是爸爸的乖女儿。

朱　珠　妈妈呢？

朱福田　妈妈是好太太。

朱　珠　（迟疑片刻）那，还珠哥呢？

朱福田　他是爸爸的大恩人。

朱　珠　"大恩人"三个字，我听得耳朵起茧巴了。也太简单

了嘛。

朱福田　这三个字，是简单。可还珠，不是个简单的人。

朱　珠　（故意带点恶作剧）爸说的"不简单"，是指他胸有城
　　　　府，心口不一、伪善、伪君子，人前是人、背后是鬼，好
　　　　话说尽、坏事做绝？

朱福田　（拿手帕擦额头，面有悲戚之色）珠儿，咋说得这么难
　　　　听啊？

朱　珠　（娇笑）被我说中了是不是？

朱福田　（摇头）不是。

朱　珠　那是什么？

朱福田　（叹息）说来话长了……

朱　珠　那就改天再说嘛。（顿了一顿）那，宝宸呢？

朱福田　（似乎还没有反应过来）宝宸？

朱　珠　是啊，宝宸表哥算不算爸爸的知音呢？

朱福田　（看着女儿，含着父爱，清晰、慎重道）宝宸是珠儿的
　　　　知音。

　　　　〔朱珠慎重地向父亲合十致了一礼。随后坐下，静
　　　　默片刻，弹奏起《高山流水》。

仆　人　（在幕后高声通报）表少爷——到！

〔 陈宝宸上。他略微喘气，头发稍显凌乱，身穿呢
　大衣，脖子上围了条白色围巾，像全身都披满了户
　外的冷空气。

陈宝宸　姑爹，珠妹。

朱福田　（点头）嗯。

朱　珠　（嗔怪）咋个才来呢？今天过冬至，天黑得早……（望
　了眼窗外）好像还在飘毛毛雨。你啊！

陈宝宸　是飘雨夹雪。

朱　珠　（转为关切）冷到了哇？（指了下火盆）赶快烤一会手
　嘛。晚饭吃萝卜炖牛肉。

陈宝宸　（深吸了一口气）闻到香味了……清口水都差点流
　出来。

朱　珠　既然那么馋，咋个还来得这么晚？

陈宝宸　我去西玉龙街七草庵给姑爹买了一件小礼物。（从口
　袋里摸出一本用毛边纸细心包扎的书，双手呈给朱福田）姑爹。

朱福田　（打开纸包，惊讶）哦，《心经》，宋版的？

朱　珠　（也凑过来看了看）好了不起，品相还这么好。听老师
　　　　说，宋版书是珍稀之宝。很贵吧？

陈宝宸　给姑爹送礼物，没有贵贱，是无价。

朱　珠　（莞尔一笑）好嘛，无价。（把《心经》拿过来，在手上摩
　　　　挲）不过，我还听老师说，西玉龙街的古董铺、古书铺，
　　　　会府的旧货市场，买卖兴隆，但是赝品多。会不会是……

陈宝宸　（委屈）咋个会是假的呢！姑爹……

朱福田　（把《心经》收回，拉开书桌的抽屉，慎重地放了进去）哪
　　　　有真假，真假都是幻象。宝宸的礼物，是一片诚心，我信。

陈宝宸　（出了口气，但似乎又有不足之感）谢谢姑爹……笑纳。

　　　　〔朱夫人上。她一手端着镶银的水烟袋，一手拈着
　　　　纸捻子，缓步而行。

陈宝宸　姑妈。

朱夫人　书房好热和。（打量侄儿）还不快把大衣脱下来，看
　　　　你都流汗了。

朱福田　（看着火盆，搓手，感叹）今年的木炭特别好，火力足，又耐烧，烧到最后，成了一盆雪白的灰。

朱夫人　我在水津街新换了家炭火铺。说是在青城后山砍的青杠树，用精窑烧炼而成的，只送城里的几家大公馆。

朱福田　阿弥陀佛，有点奢侈了。不过，我也就是这点奢侈离不得。一到冬天，我手冷脚冷，一身僵，喜得好，有了这盆火。

朱夫人　我刚才在厨房转了转，卖炭的又来了。

朱福田　哦，快请他进来坐会儿，我想问他几句话。

朱　珠　（利索地）我去叫他。（下）

朱夫人　（叹口气）问不出啥子的，是个哑巴。

朱福田　哦？

〔卖炭翁随朱珠上。

〔卖炭翁长得还算结实，但佝偻、卑屈，脸上黢黑，花白头发又长又乱。

〔朱福田在他身上捏了捏。

朱福田 穿得这么薄，冷不冷啊？

卖炭翁 （先摇头，后点头）呜……呜……

朱福田 自古伐薪烧炭的人，都是暖不及自身啊。

卖炭翁 （又点头，又摇头）呜……呜……

〔朱福田把椅背上搭的皮袍取下来，亲手替卖炭翁穿上。又拿了桌上一包点心，递给他。

朱福田 一小点心意。

〔卖炭翁感激不尽，抱着点心，边鞠躬边退，一下子撞翻了竹花架。青花瓷瓶摔下来，破成了几块。卖炭翁也跌倒了，坐在地上。

朱 珠 （叫）天啦！

〔朱福田冲过去，扶起卖炭翁，特意打量了下他的头。

朱福田　还好，没有出血。

卖炭翁　啊……啊……

〔卖炭翁退下。朱福田目送了良久。

〔朱珠把腊梅捡起来。陈宝宸过去，欲帮忙收拾。

朱夫人　（对侄儿）你坐到，有人管。

〔老妈子上，收拾竹花架、花盆，清扫地面。

朱夫人　（关切地）给你姑爹做事，辛苦是少不了。晚饭多吃
　　　　几块牛肉，补一补。

朱　珠　（把腊梅放到书桌上）可惜爸妈就没这个口福。

朱福田　（笑）我们老年人吃的是锅边素，肉汤还是要喝的。

陈宝宸　（恳挚）我想跟姑爹、姑妈学，把肉戒了，也吃素。

朱福田　（摆手）年轻人要成家、立业，造福社会，要费大力
　　　　气，必须得多吃肉才行！倘能初一、十五不沾荤，就算
　　　　心头有佛了。

朱　珠　（笑出了声）我想起一个人说的话：成都是酒肉之都，肉山酒海，滋味无穷。吃素的人，都是脑壳里头长了包！

陈宝宸　（愠怒）谁说的？

朱　珠　还珠哥。

朱夫人　（笑）吃粮当兵的，说得出这种话。

陈宝宸　（也宽容地笑了）李副官不笨，可惜吃的肉多，喝的墨水少。他哪儿懂得："肉食者鄙。"哈哈哈！

朱　珠　（赌气似的）我就喜欢吃肉！

陈宝宸　（有点尴尬和不快）你也喜欢李副官？

朱　珠　不是喜欢，是欣赏。还珠哥身上有一种"相逢意气为君饮"的派头。

陈宝宸　（强忍，终于没忍住）珠妹，你的罗曼蒂克又来了。

朱　珠　（噘嘴）一个人，活得半点罗曼蒂克也没有，岂不是很乏味？

朱夫人　（对女儿笑道）那，把你嫁给李副官？

〔朱珠默不作声，但摇头。陈宝宸的表情，由不快转为欢喜。

陈宝宸 珠妹，喜得好，姑妈把你从文学系，转到了家政系。今后做姑妈那样的贤妻良母，既懂琴棋书画，又能相夫教子，找遍成都，也没有第二个。

朱夫人 宝宸是个务实主义者，我就喜欢他这点。

陈宝宸 我在欧洲留学，也迷过莎士比亚，也迷过骑士文学……可，这些不能当饭吃！人，是复杂的。人世，是残酷的。而今不太平,形同乱世。我要以姑爹为楷模,兢兢业业，不敢一日懈怠，终有一天，能把全家的大梁挑起来。

〔 朱福田、朱夫人对视了一眼，点了点头。

〔 陈宝宸恭敬地斟了两碗茶，递到姑爹、姑妈的手上。

陈宝宸 姑爹，常听你老人家说，李副官是你的大恩人。就因为，他顺道救过你？

朱福田 （呷了口茶，放下茶碗）不是顺道，是天道。我朱某人平生行善，活人无数，却陡遭劫难，被攥在强盗的手板心，随时可能就一命呜呼了！这使我对因果报应的教义，对佛法的精要，都产生了怀疑。就在这个时候，还珠来了，就像天兵天将！一阵旋风，把我拯救了出来。我很感激，更感觉惭愧，愧对佛法啊！还珠之于我的，是侠义。佛法之于我的，是天恩。

陈宝宸 既然是天恩，姑爹咋又把李副官当成了大恩人？

朱福田 佛法要展示天恩和天威，也得借还珠的手。

朱　珠 那，不过碰巧是还珠哥而已。对吧？

朱福田 然而不然。还珠是侠者，是义人，这个碰巧，是他二十多年修来的。我珍惜我跟他的这一段善缘。

〔陈宝宸欲言又止，看看朱珠，又看看姑妈，憋住一肚子气。

朱夫人 这一年来，李副官也算朱家的常客了。说实话，他很不讨人嫌！但听你一说，又是侠，又是义，又是碰巧，又是佛缘……我都听晕了。他到底是个啥子人呢？

朱　珠 就是嘛，爸爸从来都是点到为止，语焉不详。

朱福田　（起身踱步，沉吟着，追忆）一年之前，也是这么冷，飘
　　　　着雨夹雪。我沿江去考察民生，看农民有没有冬衣，看
　　　　小庙子需不需要修葺。刘司令要给我派护兵，我谢绝了。
　　　　欧阳总舵爷要给沿岸的袍哥打招呼，我也谢绝了。只一
　　　　身布衣，带了个小书童，在望江楼包了小船，就顺水而
　　　　漂了。缓缓行，过了中和场、苏码头、黄龙溪……除了
　　　　登岸考察，还天天吃新鲜菜蔬。十天后，到了江口。这
　　　　是锦江汇入岷江的小镇，码头停满了渔船、商船、渡船，
　　　　樯桅如林。船家、客人，往来不绝。

　　　　〔朱福田顿了顿，呷了一口茶，昔日的景象，似乎
　　　　就浮现在眼前。

朱　珠　我有个女同学，老家就是江口的。她说江口一溜儿
　　　　都是青瓦木板的吊脚楼，很是有古风。当年苏东坡从眉
　　　　山坐船来成都，也是溯岷江而上，在江口转入锦江的。

朱福田　江口诚然是很有古风的，但古风不尽然是淳朴。吊
　　　　脚楼，一间挨一间，都是客栈、酒馆，灯红酒绿，卖酒、

卖唱、卖身的都有。稻田、芦苇，很有田园诗意，但也是绿林草寇的藏身地。江口有个盗匪，50岁多点，脸上有一块胎记，人称半边黑，不是一般的歹毒。他趁我和书童去镇上吃夜饭，就带了两个手下，摸上我的小船，砍翻了船夫；等我一回来，马上就把我主仆二人捆绑了。捆得比屠宰场的猪还紧扎。书童痛得叫。我痛得叫不出声，只在心里叫苦。

朱夫人　（叹气）可怜……你也有怕的时候。

朱福田　我不是怕，是不甘心！幸喜得，半边黑不晓得我的来历，我只说，是在二十几里外黄龙溪开裁缝铺的。他就放了书童，叫他回去筹两百块大洋，天亮前赶回来赎人。倘若晚了半个时辰，立刻就撕票！书童一走，我晓得自己必死无疑。就算书童跑断了腿，跑到天亮，也到不了成都啊！我就跟半边黑说，倘若这会儿就把我放了，改天我定奉送两千块大洋到府上。半边黑冷笑道：说两百就两百，多一块老子都不要！我说：多的一千八百块，捐到庙子里，求佛祖把你的半边黑洗白。

朱　珠　真的能洗白？

陈宝宸　不过是缓兵之计，姑爹骗他的。

朱福田　不是骗他的。我是诚心这么想。也想验证一下佛法
　　　　的威力。

朱　珠　不过……

朱福田　不过，半边黑油盐不进！到了半夜，我困了，打瞌
　　　　睡。但刚一迷糊，就听到一阵号角响，是还珠押运的一
　　　　队运输船靠了码头。我挣脱嘴里塞的布团子，大喊：救
　　　　命！救命！

朱　珠　于是，还珠哥神兵天降！

朱福田　他从运输船的船头，抓了块木桨，一跃，就跳上了
　　　　小船。半边黑开了两枪，没射中，被还珠一桨就打趴了。

朱　珠　还有两个小匪呢？

朱福田　跳水逃走了。

陈宝宸　（竖大拇指）半边黑死扛到底，也算是一条汉子啊！

朱福田　算是吧。听说，江口镇小儿夜哭，只要说声半边黑
　　　　来了，立刻就闭嘴。

朱夫人　没想到，福田会落到半边黑手里。更没想到，居然
　　　　平安无事回来了。

朱福田　　还珠问我是谁，我留了个心眼，依旧说自己是裁缝
　　　　　铺老板。半边黑就说，这个老板值两百个大洋。如果官
　　　　　长放了我，我给你两千个大洋。还珠扇了他两个耳光！
　　　　　骂道：狗日的，你敢行贿军人！半边黑大笑，说：自古
　　　　　兵匪一家，有啥子稀奇的！你不拿，自有人拿。最迟明
　　　　　天晌午，我就回自家的船上了。还珠大怒，掏出手枪，抵
　　　　　住半边黑的太阳穴。

朱　珠　　好英雄啊！

陈宝宸　　（笑道）枪杀一只死老虎，装怯作勇罢了。

朱福田　　（摇头）半边黑不是死老虎，李还珠也没有枪杀他。
　　　　　我请求他枪下留人，不要杀生！还珠说，那就放生吧。一
　　　　　枪托把半边黑打晕了，扔进了江中。

朱　珠　　淹死了？

朱福田　　（摇头）他是被鱼吃了，还是变成了一条鱼，佛晓得，
　　　　　我不晓得。

陈宝宸　　哈哈，李副官借放生之名，行杀生之实，这也太荒
　　　　　唐了些。

朱福田　　荒唐？

陈宝宸　半边黑要是遇上我，我会正大光明地，毙他三次！

朱福田　（发怒，在桌上拍了一掌）阿弥陀佛，刚才还在说戒荤！戒荤，是为了敬惜生命。不懂这个，戒啥子荤！

　　　　〔陈宝宸大窘，额头出了冷汗。朱珠把手绢递给他，他在额头擦了擦。

朱夫人　（笑，替侄儿把话题挡了开去）书归正传哈。这位李副官，此后就成了朱公馆的常客了。

朱福田　（面色转为和缓）是的，自此之后，还珠就成了朱家的常客、贵客。但，他不是为山珍海味而来，更不是为我的金银而来。

朱夫人　（笑声爽朗）他也不是为了朱先生而来！（满含母爱，看了女儿一眼）

朱福田　（也笑了）是啊，他来，是为了我们的珠儿。

朱　珠　（含羞，带嗔）爸，妈！

　　　　〔陈宝宸一脸的严峻和自尊，但又急于听下文。

朱夫人　可惜，我们珠儿的心，另有所属，而且，这也跟我
　　　们做爹妈的心愿，是一致的。

　　　〔陈宝宸和朱珠对视了一下，一起站了起来，看着
　　　朱福田。

朱福田　（拉开抽屉，取出一对小小玉佛和观音）这是我从大慈寺
　　　请回来的，住持开过光。挂上吧，男挂观音、女挂佛。明
　　　年阴历二月十九，观音菩萨的生日，就给你们把婚事办
　　　了。要简朴，也要庄严。了了我们做爹妈的心事。宝宸，
　　　你妈九泉有知，也会含笑的。

　　　〔朱珠、陈宝宸把雕像分别挂在了脖子上。朱珠的
　　　脸上，有喜悦。陈宝宸的眼里，有泪光。

朱　珠　（忽然小声对母亲）应该先告知宝宸的爸爸一声吧？
朱夫人　（哼了一声）你舅舅？跟他说一声就是了。他管好自
　　　己的事，少赌钱、少烧鸦片、少喝烧酒就行了。

〔朱珠带点同情和无奈地看了眼陈宝宸。陈宝宸脸
　上的表情，变为自怜和羞愤。

朱　珠　说起来，舅舅除了这几点，也莫得啥子大的毛病嘛。

朱夫人　说得轻巧。你舅舅靠了你爸的面子，在大学领薪水，
　被学生评为"上课最不合逻辑的逻辑学教授"。成都有两
　句童谣："拿起狗来打石头，眼睛掉到渣渣头。"说的就是
　他这种醉汉。

〔朱珠无语，陈宝宸的嘴唇哆嗦。

朱福田　（开了一瓶威士忌，给四只酒杯一一斟上）酒有何罪？小
　饮怡情。珠儿、宝宸，自小青梅竹马，一起长大，可谓
　是知己、知音。你们的婚事，既算包办，也是自由恋爱。
　巴金的《家》中，觉新和梅表妹没有结果的姻缘，爹妈替
　你们圆满了。来，干了！（一口喝干）

〔朱珠也干了。朱夫人抿了一口。但陈宝宸没喝，端

酒的手在轻微颤抖，脸上的表情，有一种激动不安，甚至是压抑的亢奋。

陈宝宸 （鼓足勇气）姑爹。我有一句话想问，如果问错了，恳请姑爹不跟我计较。如果姑爹发了怒，我情愿退着走出朱公馆。

朱福田 （惊讶）退着走出去？啥子意思呢？

陈宝宸 就是退出朱公馆的生活，从此远离成都，去过另一种人生。

〔朱珠、朱夫人吃惊得瞪大了眼睛。

朱福田 （沉吟着）哦？你说。

陈宝宸 既然姑爹那么看重李副官，为啥不把珠妹配给他？他当朱家的女婿，岂不是比我合适几倍、十倍、（心一横，赌气）一百倍！

朱 珠 （一耳光扇向陈宝宸）混账话！当我是条母猪啊！

〔朱福田伸手把女儿挡住了。朱夫人表情很不安，看看这个，看看那个。

朱福田 （呼出一口长气，和颜悦色）宝宸，你头一回敢在姑爹跟前这么放肆。姑爹不怪你，姑爹欣赏你。姑爹把珠儿交给你，交对了。

〔陈宝宸和朱夫人相互看看，松了一口气，但脸上仍挂着疑问。

朱福田 还珠，不适合珠儿。

朱　珠 为啥子呢？爸。也许，这个问题不该我来问。

朱福田 还珠太刚烈。

朱　珠 太刚烈……是啥子意思呢？

朱福田 就是太大丈夫气。

朱　珠 做女儿的，还是没听懂。

朱福田 太大丈夫，你受不了。

〔朱珠、朱夫人愣住了。陈宝宸的手颤抖得更加厉害了，终于，举起酒杯，一把砸在了地上。惊心一响，碎了。

陈宝宸 （痛楚地）难道，我就是一个小丈夫！小男人！

〔一个更大的声音响了起来，是仆人在幕后吆喝。

仆 人 （高声）李——副——官——到！

〔大家彼此看看，突然陷入了静默。

朱夫人 （片刻之后，笑）说曹操，曹操到。我们到客厅去吧，客人们陆续也都快到了。

两个耳光

〔 时间紧接前场，二楼客厅。

〔 客厅墙上，有一幅很大的画：巍然耸立的迎客松，枝翼纷披。

〔 壁炉里燃着火；上方立有朱家的全家福相框。

〔 一圈沙发，看上去款式简单，色调朴素，却又极为讲究和舒适。茶几上有一盆绽放的水仙。靠墙还有一尊石雕的观音像。

〔 朱家三口、陈宝宸，从舞台右边上。

〔 略迟片刻，李还珠、范二娃，还有关连长，从舞台左边上。

〔 三个军人，身上带着风尘仆仆的痕迹。

〔 李还珠依然军容整齐，但胡子已有几天没刮，面容疲惫；不过，眼睛仍很明亮。关连长身材魁梧，络腮胡子，有一股草莽气。范二娃背着一个大背篼，一脸的喜滋滋。

〔李还珠一一招呼。关连长恭敬抱拳。范二娃放下
　背篼，鞠躬敬礼。朱先生、朱夫人、朱珠合十回礼。
　陈宝宸微笑点头，招招手。

李还珠　（介绍关连长）朱先生夸为一身虎胆的关连长，还珠
　　　　　的患难之交。

朱福田　仰慕已久了。早听说，关连长凭一把家传宝刀，押
　　　　　镖二十万里无闪失。简直像是书里才有的豪杰啊。

关连长　惭愧、惭愧。押镖的年头早就过去了，耍刀舞剑也
　　　　　只成了戏台上的事。枪，才是大爷啊。而今，我是在李
　　　　　副官手下当一个差。

〔李还珠笑着，很亲热地在关连长胸口打了两拳。

朱福田　（亲手把茶碗递到三个客人的手上）三位壮士，辛苦劳
　　　　　顿。秋去冬还，真是风雪夜归人。

李还珠　（谦虚，摆手）这个，不算啥子。

范二娃 朱大老爷说风雪，风雪还硬是让我们碰上了！这一路都没有消停过呢。

朱福田 哦？

李还珠 去的时候，在川滇交界的豆沙关，秋雨落了半个月。峡谷中涨大水，道路淹了，人马都困在了山神庙。

关连长 回来呢，在大凉山的拖乌山、泥巴山又遇老天爷刮西北风，大雪封山，眼睛都睁不开。骡马上去，脚杆打个闪闪，眨眼就掉到悬崖下，连声泡都不冒上来。

朱　珠 （吃惊）然后呢？

关连长 （哈哈大笑）当然是投胎去了啊！变个活人再回来，最好是当老爷。（边说，边打量客厅，脸上浮出笑意）

朱夫人 （合十、默念）阿弥陀佛……

关连长 （戏仿朱夫人，也合十）夫人硬是菩萨心肠。我们打一仗，岂不是要把几千本往生咒都念烂了。（猛拍李还珠的肩膀，大笑）是不是，还珠？

李还珠 哈哈哈，关连长说笑话。话说回来，虽然风雪大，二娃还是死活往雪堆里边钻。

〔众人面朝范二娃，脸上都带着惊讶。

朱　珠　（笑）二娃还是个娃儿！是想堆雪人哇？

范二娃　不是堆雪人，是拔萝卜！我妈常说，打过霜的萝卜咪咪甜。那，打过雪的萝卜，岂不是甜得像蜜了！我就在路边的菜地，拔啊拔，大中选大、白中选白，装了一背篼。（说着，从背篼里抓出一根大萝卜，向众人展示。众人啧啧称叹）

关连长　二娃是要把萝卜送进朱公馆，赶上冬至炖牛肉。

李还珠　可是老天不成全。我们紧赶慢赶，还是赶慢了一步。

朱　珠　（走到二娃跟前，拍拍他的肩）二娃的心意，姐姐都领了哈。

朱福田　（关切地）那，这一背篼的萝卜，付钱没有呢？

李还珠　农民都冷瓜⁵了，门窗紧闭。我硬是从门缝缝塞了一块大洋进去。十背篼萝卜的钱都够了。

〔朱福田松了口气，微笑着，伸出一根食指向李还珠晃了晃，充满赞许，但没有说话。

李还珠 （吸了一口气）可惜，这会儿朱公馆的牛肉炖萝卜，都
　　　　稀溜耙了。（自嘲地笑，把范二娃手里的萝卜接过去，掂了掂，
　　　　扔回背篼）

范二娃 （凑近李还珠耳朵，小声）萝卜是错过了，玉镯子要赶
　　　　紧哦。

　　　　〔李还珠笑，用手把范二娃赶到一边去。
　　　　〔众人都没听明白，但陈宝宸有所警觉和提防。

陈宝宸 （清了下嗓子，看着李还珠，笑道）其实，不管你们紧赶
　　　　慢赶，总归还是要迟到。

李还珠 （迷惑不解）为啥子呢？

陈宝宸 朱公馆炖牛肉的萝卜，早就有人包下了。

李还珠 谁？

陈宝宸 我。

　　　　〔李还珠愣了愣。他看着朱珠，朱珠有点害羞，但
　　　　不躲闪，似乎是用肯定的目光，回应了他。他又看

了看朱福田、朱夫人，他们不说话，神情是庄严、慈祥的。他又看看范二娃，范二娃悄悄挥了下拳头。关连长则干咳了两声。李还珠都理解成了鼓励。

李还珠　哈哈哈，我刚才有点脑壳昏。送萝卜是晚了，不过，还有一样，是我早就想送的。送一份心意，总该不会晚吧。（摸出用红丝绒包裹的一对玉镯子，双手向朱珠递了过去）

〔朱珠略微避开了半步，抚摸着脖子上挂的小玉佛。

朱　珠　（语调温和而又坚定）谢谢还珠哥，我已经有了。（说着，看了眼陈宝宸。李还珠随着她的眼光看过去，陈宝宸也在爱怜地抚摸着玉观音）

〔李还珠僵住了。

关连长　（大笑）哈哈哈哈！
仆　人　（在幕后长声吆喝）张会长——到！

蒙——大教授——到！

沙——老太爷——到！

钱总经理、龙总经理——到！

〔台上渐渐有了嘈杂的人声，客人们陆续登场，看到了李还珠这一刻的窘态。

关连长 （继续大笑）哈哈哈哈哈哈哈哈！

〔关连长的大笑，像滚滚雷鸣，压过了台上的杂音。一时冷场，鸦雀无声。众人被笑得目瞪口呆。

李还珠 （突然揪住关连长的衣襟）你笑啥子！有啥子好笑的！

关连长 （把李还珠的手打开）还珠！我敬你是个堂堂男儿，刀尖舔血也不会皱眉头。可，却被一个女娃儿给耍了！好笑不好笑？

〔众人都露出吃惊的表情，但没有说话。只有陈宝宸一拍茶几，霍然站起。

陈宝宸　（厉声呵斥）姓关的，你算个啥子东西！敢在朱公馆
　　　撒野，说这么难听的话！

关连长　（对陈宝宸视若无睹）还珠，这几个月，你天天给我讲
　　　朱小姐，夸她是朱公馆的珍珠、妙玉，有才学、有品貌，
　　　冰清玉洁，简直就是人间的小观音。常人以为她高不可
　　　攀，可她见了你，一口一个"还珠哥"，把你的心都叫软
　　　了。你以为她仰慕你是个英雄，天不怕、地不怕，义字
　　　当头，仁勇无敌。可是老弟啊，你是昏了头！

李还珠　（看着关连长，神情昏昏然）我？昏了头？

关连长　岂止昏了头！勇气、义气，在朱家人心里，就是不
　　　值钱的东西！成都的头号财神爷，会把千金小姐嫁给吃
　　　粮当兵、风雪中讨活路的穷光蛋？！世上哪有观世音！
　　　越是有钱人，越是肚子里一把小算盘。大哥我，押镖二
　　　十万里，进过无数朱门大户，见多了！（指着朱珠）她叫
　　　你一声"还珠哥"，不蚀一块大洋，就把朱家欠你的大恩
　　　抵消了。（指着陈宝宸）英雄爱美女。美女爱的呢？是门

当户对的公子哥。你的脸，日晒雨淋，他的脸，卡白得连血色都莫得——这就是衣来伸手、饭来张口的命。小观音嫁给你，在三尺半的灶房给你洗衣、煮饭、炖萝卜？做梦！

李还珠　（痛苦地）不！

〔朱珠万般委屈，半搂住母亲，把头靠在她肩上，无力地叫着"妈……"，朱福田则面无表情，静默地看着，一声不吭。

陈宝宸　（怒指关连长的脸）不！我不是你说的公子哥！我五岁丧母，父亲又很不争气，的确是姑妈、姑爹拉扯我长大的……但是！我知恩必报，卧薪尝胆，二十年寒窗，一日不敢懈怠，才挣得今日的体面。你，要当着这一屋子的尊长、先进，给我陈某人赔罪、道歉！

关连长　（依然大笑）陈公子，一碗软饭吃了二十年，还想再吃一辈子？这成都城里，一半的人都晓得，偏偏就你自己骗自己！

〔舞台上传出一片哗然，似乎在议论，叹息，感慨不已。

陈宝宸 （挥动拳头）姓关的！你毫无教养，满嘴胡言，玷污我的名誉……我要杀了你！

朱　珠 （冲过去，拉住陈宝宸的手，柔声劝慰）宝宸，歇歇气，别跟这些人计较！

关连长 听到了嘛，还珠。她叫我们是"这些人"！小观音，也长了一对势利眼。啥子众生平等哦，都是他妈的鬼话。

李还珠 （大声抗议）不！她不是！（他朝朱珠走过去，用温柔的语调）小珠子，我晓得，你不是……

朱　珠 （用目光回应着李还珠，用温和、坚定的口气）我不是，还珠哥，我不是……

李还珠 （用力摇了摇头，似乎在确认自己是否已经清醒了）小珠子，我晓得，你不是势利眼……

朱　珠 （带了点泣声）还珠哥……

李还珠 （把玉镯子递给朱珠）这是我藏了很久的心意……

朱　珠 （避开身子）不……

李还珠 是心意，别无他意……（突然笑了起来）你收下了，我
们"这些人"马上就走，再不踏进朱公馆半步。（说着，似
乎想用另一只手去拉朱珠的袖口）

朱　珠 （突然尖叫）不——！

〔陈宝宸冲过去，猛扇了李还珠两个耳光！

〔玉镯子摔在地上，发出冷冽、惊心的声音。

〔所有人都大吃一惊。就连朱福田也伸出手，下意
识做了个事后阻拦的动作。

〔朱珠也伸出手，想抚摸李还珠挨打的脸。

〔但，更让人震惊的事发生了：关连长的手枪，抵
住了陈宝宸的太阳穴。

关连长 我们这些人，可以让子弹打进胸坎，也不能让人家
把耳光扇到脸上！你娃今天犯下大错了。莫说你是吃软
饭的小白脸，就是师座、司令、主席、总裁，也不能打
男人的脸！我自小习武，我爸、我师父，都跟我说过，男
人的脸，比命还金贵！李还珠，我敬佩的、能文能武的

上司，我的患难兄弟，他——就是老子的脸！

〔关连长响亮地拉动枪栓，子弹上膛。舞台上一片
惊慌声。

〔朱珠扑了过去，抓住关连长的手枪，试图把它扳
到一边去。但关连长的手，纹丝不动。

朱　珠　（恳切、近于哀求）求求你，放过宝宸吧。是我们错了，
　　　　我们赔罪道歉！好不好？

关连长　还珠，听到了嘛？人家一口一个"我们"呢！好，既
　　　　然是"我们"，那就一起给李还珠跪下来，请求他原谅，
　　　　请他给你们一人扇一个大耳光！

朱夫人　（大叫）不！（转向丈夫）福田！

〔朱福田双手背在身后，阴沉不语。

朱　珠　（扑通一声，跪了下来）还珠哥，你动手吧！

范二娃　（看看朱珠，又看看李还珠，跺脚，泣声）小姐！小少爷！

陈宝宸　（一把把朱珠拖了起来，大叫）不要求他们，拿出尊
　　　　严来！

　　　　〔关连长一肘撞在陈宝宸胸口上。陈宝宸倒地，但
　　　　很快又站了起来。

关连长　你龟儿子还配说尊严？跪下来！

　　　　〔朱珠立刻又下跪。但，李还珠出手把她拦住了。

李还珠　这是两个男人之间的事，跟朱小姐无关。（朝向陈宝
　　　　宸）你今天给我的耻辱，我明天还给你。

陈宝宸　（冷笑）你想要咋个？奉陪！

李还珠　你在欧洲留过学，对决斗不会外行嘛？

陈宝宸　（不屑）哼！

李还珠　听你吹嘘过,你在比利时皇家击剑馆泡过两三年,还
　　　　夺得过年度的状元。

陈宝宸　我从不屑吹嘘！我得的是铜奖和一把剑！

李还珠 好！我就来领教你这个击剑的探花！明天天亮，大
慈寺山门外，我借关连长家传的刀，你用比利时皇家的
剑，我们以鲜血定荣辱！

陈宝宸 一言为定！

朱　珠（焦急万分）不要啊，宝宸，不要……

陈宝宸（头一回对朱珠发怒）够了！"脆弱啊，你的名字就是
女人！"你永远弄不懂，你要的男人应该是个什么样！

〔朱夫人也满脸焦虑，但只是看着朱福田，不敢吭声。

〔朱福田沉默着，走到李还珠和陈宝宸之间。

〔关连长把手枪的子弹退膛，还枪入套。

关连长 说好了！明天一大早，大慈寺山门外，以和尚敲钟为号。

朱福田 慢！我只想问一句，为啥要专挑佛门动杀戒？

李还珠 我哥哥在世时，说过好多回：天网恢恢，是非善恶
终有报应！我要请佛祖做一个见证！

〔灯光渐渐暗淡。

生死在即

〔 时间承接前场，当天后半夜。文庙前街，李还珠家的老宅。

〔 雨夹雪停了。

〔 小院落，一棵枯柳，树上挂了个鸦巢。柳下，有一张小桌、几把木凳。桌上摆着两碗茶。屋内的灯光，透过打开的门、窗，投射在院坝里。

〔 观众的目光越过院墙，可以看见文庙巍然却又模糊的影子。再上边，悬着半边冷月亮。

〔 李还珠和关连长坐在桌前。范二娃进进出出，掺茶倒水，像个跑堂的小幺师。

〔 李还珠仰头望着鸦巢，神色有些游离。关连长的手里，挂着三尺长的家传宝刀，神色坚毅。

关连长　兄弟，你心头要稳得起，睡得香，明天才会有气力。

你从小打架角逆，还拜过卖艺、操扁卦的人为师，底子
算是坝得牢实的。你我结为知己的这半年，我把家传的
刀法也都教给了你。莫说三十六招，用三招就能把小白
脸砍闭气。

李还珠 （语调迟疑）三招？

关连长 （点点头）两招也够了。

〔关连长起身，把刀拔出刀鞘，缓缓演示：右手持
刀上举，左臂平直舒展。突然，右手飞快急转而下，
一个横劈！

关连长 老猴迎客，这是虚晃，——啪！腰斩华山！看到
了嘛？

李还珠 （似乎心不在焉）看到了。

关连长 你不忍心砍死他？那就砍他个半死！

李还珠 嗯。

关连长 （把刀递给李还珠）来，你做给我看一遍。

〔 李还珠接过刀，却收刀入鞘，平放在桌上。

李还珠 关兄说的，我都记住了。关兄教的，我也都烂熟于
胸了。这会儿，我心头有点乱……我想早点睡。

关连长 兄弟，是不是有点怕了哇？

〔 李还珠摇头。

关连长 是不是后悔了？

〔 李还珠摇头。

关连长 是不是担心小观音当寡妇？

〔 李还珠瞪着关连长，突然大笑。

李还珠 哈哈哈！不是！关兄，你也回去好生睡一觉，天一
亮山门外见。

关连长　　好。（又盯了下桌上的宝刀）我关家这把刀杀人无数。
　　　　　原以为，它早就该作玩具了。不承想，还要再吃一回血！

　　　　　〔枯柳上传来乌鸦的叫声。关连长抬头望了一眼，
　　　　　骂了一句。

关连长　　这晦气的乌鸦！早就该把它撵走了。（叹了口气）要
　　　　　换成喜鹊就吉利了。

李还珠　　（摇头）乌鸦在这儿做窝，已经好几代了。这个鸦巢，
　　　　　我哥哥不准人动它。哥哥说，乌鸦、喜鹊，无非是个虚名。

关连长　　（微有不悦）令兄读的书多，但愿有点道理吧。

　　　　　〔关连长与李还珠抱拳作别，下。
　　　　　〔李还珠在枯柳下徘徊。

范二娃　　（连打了两个喷嚏）小少爷，外边冷得慌，进屋嘛。

　　　　　〔李还珠不理睬他，仍在徘徊，且显得烦躁不安。

范二娃 我上街去给小少爷打二两烧酒，再切半斤卤牛肉，吃了热和，好睡觉。

李还珠 （冒火）我不冷。我的血像炉子上的鲜开水，咕嘟咕嘟开，烫得很！

范二娃 为啥子这么烫？是明天要去杀人哇？

李还珠 （一愣，继而大笑）是，杀人！（拿起桌上的刀，用力挥动了一下）

范二娃 要是他把你杀了呢？

李还珠 那，就是我活该！

范二娃 就为了两个耳光？

李还珠 不是耳光，是男人的面子！你听关连长说了嘛，男人丢了面子，活得就连猪狗都不如。

范二娃 猪狗也是一条命！小少爷说过，佛祖为了喂老虎，连猪狗都怜惜，自己就跳进虎口了。

李还珠 （大为恼火）不是我说的，是大少爷说的！

范二娃 反正是少爷！不是小少爷，就是大少爷。

李还珠 我说了，我不是我哥哥！我不信他那一套！

范二娃 小少爷自己说的，你是替大少爷在活着！

李还珠　（指着范二娃，手指发抖）你居然敢跟我顶嘴？

范二娃　（高声大喊）我不敢！

李还珠　你喊啥子？简直比顶嘴还可恶！

范二娃　这辈子，我就顶这一回！

〔李还珠大怒，猛扇了范二娃两个大耳光！

〔范二娃捂住脸，哇哇大哭。

李还珠　（喝令）跪下！

〔范二娃扑通跪了下来。李还珠在枯柳下转了两圈。乌鸦被吓醒了，惊叫了几声。

〔李还珠回屋。出来时，已一身军装穿戴整齐，提了桌上的刀，跨出了院子。

〔光线逐渐变暗。

【转场】

〔光线由暗渐亮。观众看到的，已是朱公馆的客厅。

〔时间，也是当天后半夜。

〔壁炉里的火，依然烧得旺旺的。朱福田跪在观音像前，轻敲木鱼、默诵《心经》。朱夫人吸着水烟袋踱步，焦虑不安。烟雾在灯光下飘浮。

〔陈宝宸已脱了西装，穿白衬衣、吊带西裤，坐在椅子上，用一块白手帕，很仔细地擦拭一把西洋剑。朱珠半跪在他身边，看着他，目光中含着关切、担忧，还有一点崇拜。

〔陈宝宸感觉到了朱珠的目光，但他显得毫无察觉。擦拭完毕，他一甩手，剑身发出"嗖"的一响！有力而又优雅。

朱　珠　（柔声）宝宸，一夜之间，还不到一夜，你变得跟从前完全不一样了。

陈宝宸　我从前是什么样？

朱　珠　（娇嗔）我不说。

陈宝宸　那，我现在什么样？

朱　珠　（骄傲）这还用说吗！

〔陈宝宸受到鼓舞，站起身来，又做了几个击剑的动作，矫健、潇洒，一气呵成。朱珠禁不住拍起了巴掌。陈宝宸向着她，做了一个很有骑士派头的鞠躬。

朱夫人 （烦躁，呵斥）拍啥子巴巴掌？你以为是去演戏啊！

〔朱珠忽然有点发蒙，但也像是突然惊醒，垂下头，默然了一小会儿。

朱　珠 宝宸，比武是讲武德的，点到为止，对不对？

陈宝宸 （摇头）珠妹，这不是比武。姑妈说得对，更不是演戏。是生死相搏。（把剑插入剑鞘，平放到茶几上）

朱　珠 （疑惑、担忧）生死相搏？为啥子呢？这一切，是咋个开始的？

陈宝宸 （笑）这还用问吗？

朱　珠 不，要问！要问清楚。这事的发端，我也有责任。还珠哥对我的好，我心头是欢喜的。而我又晓得，我和他不可能。可我一直没勇气，明确说出拒绝的话。一拖再

拖。他去云南前，我在大慈寺山门外，就很想跟他讲清
楚。结果，话，还是说不出口。唉……

陈宝宸 珠妹，你不要自责。事情发展到后来，已跟你没有
关系了。

朱　珠 跟我没关系！那还会跟啥子有关系？

朱夫人 这还用说吗！因为，两个耳光。

朱　珠 哦，是的，两个耳光！剥夺了还珠哥的尊严。我跪
下来，恳求过还珠哥的原谅。可是，（指着陈宝宸）你不肯。

陈宝宸 我不肯啥子？

朱　珠 不肯把尊严还给他。

陈宝宸 还？你以为尊严是一件东西吗！尊严不能借也不能
还，就像……自己的女人。你要我跪下来，让他扇我两
个耳光吗？那我还有啥子尊严活在世上，做你的男人！

朱　珠 我不在乎。我依然愿意做你的……（轻声）妻子。

陈宝宸 （激动、亢奋，直至悲愤）你不在乎？世间的公理不是
你来制定的。你不在乎，所有人在乎。我也在乎。就连
成都第一号大善人、我姑爹、未来的岳父，他心底里也
很是在乎的！说啥子不把你嫁给李还珠，是他太刚烈，太

大丈夫。那，在姑爹的心里，我就是个小丈夫、小男人，太——他妈的小白脸！

〔客厅里一片死寂，空气凝重。只有朱福田充耳不闻。

〔木鱼声响着，充满了诡异和揪心的力量。

〔终于，朱珠鼓起勇气，打破了哑静。

朱　珠　（柔声、真切）宝宸，要是你被还珠哥……杀了呢？

陈宝宸　（阴沉、严峻、自傲）为啥子，被杀的不会是他呢？

朱夫人　这些吃粮当兵的，杀人是家常便饭。宝宸，你看你，还戴了副眼镜！你就是双手沾满了血，也不像个杀人犯！

朱　珠　（瞪了母亲一眼）杀人犯？也太难听了嘛。再说，还珠哥也不像杀人犯啊。

陈宝宸　姑妈放心。侄儿虽然满腹学问，但也不是吃素的。我不是近视眼，这副眼镜是平光的，戴眼镜，是为了让人觉得我老成持重，不要看轻了姑爹的秘书。（摘下眼镜，扔

在地上，一脚踩得粉碎）

朱夫人 （先是一惊，继而欣慰）啊……宝宸！没想到，你还藏
了一手。

陈宝宸 （昂然）岂止是一手，姑妈。我的剑，是比利时王后
陛下亲手颁发的奖品。回国后，我请高人给剑开了刃,锋
利无比。前几年，我带了剑去凤凰山、磨盘山、狮子山
打猎，杀过兔子、獐子、野猪，还有蛇，都是一剑刺中，
当即毙命。而且，剑不沾血！

朱　珠 干干净净？

陈宝宸 干干净净。

〔不知不觉中，朱福田已经起身，走了过来。

朱福田 （用罕见的高声）干干净净，就等于没有流血吗？!

〔客厅里的人吃了一惊。
〔朱夫人和朱珠面面相觑，不敢吭声。
〔陈宝宸垂下了头，但身子笔挺，在姑爹面前，罕

见地表现出倔强。

〔朱福田从墙上摘下厚实的围巾，围在脖子上。

朱福田　备车。我今晚要住在大慈寺。

朱　珠　爸爸！好冷的天啊……

〔朱夫人、陈宝宸都关切、焦虑地看着朱福田，但不敢出声劝阻。

朱福田　（长叹）我去祈求佛法的力量。

朱夫人　福田，我跟你去。

〔光线渐暗。

刀
和
剑

〔 时间承接前场。

〔 拂晓时分，蟹壳青的天空。大慈寺山门外。

〔 山门紧闭，古银杏的树叶脱落殆尽，"空了吹"的
店幌像一块破布。包驼背点着一盏油灯，哆哆嗦嗦，
在收拾桌椅，擦壶、洗碗、扇炉子。空气中，飘着
凛冽的寒气。

〔 公鸡缩在小街的某个旮旯，有气无力地啼叫。

〔 天光又增亮了一点。包驼背把油灯吹熄了。

〔 街面上，响起脚步踩踏落叶的声音，嚓嚓切切，急
促、有力。声音越来越嘈杂，仿佛有很多人正向山
门外汇合。

〔 两拨人，分别从舞台的左右上场。右边，是一身
黑披风、提着西洋剑的陈宝宸，朱珠几乎是小跑步
跟着他。后面还跟着几个朱公馆的仆从。左边，是

关连长和两个下层军官，均着军服、束皮带，但没
有佩枪。

〔两拨人快要撞上对方了，猛地一收！隔了三步
远，对峙着。双方的表情，都有点惊讶。

陈宝宸　李副官还没来啊？关连长。

〔关连长答不出话。他和两个军官四面探望，但不
见李还珠。

陈宝宸　李副官不来，是不是有了别的想法呢？

关连长　除非你给他下跪。

陈宝宸　（笑）临阵脱逃，算不算下跪呢？

朱　珠　（拉陈宝宸的胳膊）宝宸，少说两句嘛。

关连长　（冷笑）笑话。李还珠冒着枪子儿、炮火，救出过自
家受伤的兄弟。你算老几！

朱　珠　（流露出惊讶和钦敬）真的啊？

陈宝宸　（不满）是真的，他早就跟你吹过了。

关连长 他从不吹牛皮。他救的人，就是我！

朱　珠 （心情复杂）哦……

陈宝宸 吹没吹牛，我不晓得。反正，他约的决斗，他没
　　　　有来！

　　　　　〔包驼背提茶壶上。

包驼背 （深鞠一躬）各位官长、大人、大爷，先坐到喝碗热
　　　　茶嘛。

　　　　　〔朱珠把陈宝宸往茶桌前拉，但陈宝宸不为之所动。

关连长 （拍包驼背的肩）老驼背，你看没看到，一个当兵的
　　　　来过？

包驼背 （点头如捣蒜）看到过、看到过，还提了一把刀。

　　　　　〔众人的脸色，齐刷刷一惊。

众　人　啊？！

关连长　那，他人呢？

包驼背　五更天，我还在睡觉，他就来打门了。一身的酒气，摇摇摆摆，手上那把刀，吓得我半死。他说，不要怕，我要杀的人不是你！这一喊，我更吓得脚杆打闪闪。结果，他砰一声，坐到椅子上就睡着了。我想拉他进屋，哪儿拉得动哦！我就给他盖了床棉絮，赶紧去生老虎灶，好给他烧一壶鲜开水泡茶。茶给他泡上还没喝一口，他突然听到公鸡叫，一下子跳起来，又是跺脚，又是拿坨子打自家的脑壳，大声武气[6]说：我是个啥子人嘛！

〔众人面面相觑，满脸狐疑。

陈宝宸　哈哈哈！他后悔了。后悔还来得及！

关连长　（瞪了陈宝宸一眼，对包驼背）接到说。

包驼背　我就劝他，官长，再咋个，也不要拿自己出气哦。他一听，恨了我一眼，猛一拍桌子！茶碗都跳起来两尺高！我正吓得不晓得咋个办，他突然甩开脚杆就跑了。

众　人　跑了？

关连长　跑到哪儿去了呢！

包驼背　（一连串摇头）不晓得，天晓得，鬼晓得……（进屋捧
　　　　出关连长的宝刀）他连刀也忘了呢。我生怕贼娃子偷了才
　　　　拿进屋去藏起来。

〔关连长接过宝刀，不住地摩挲。

军官甲　（打了个大呵欠，似乎觉没睡醒）李副官为啥要问"我是
　　　　个啥子人？"

军官乙　（也打了个大呵欠）这么简单的问题，还有啥子问头呢。

陈宝宸　（冷笑）因为，他糊涂了，然后又醒悟了。

朱　珠　（再次拉陈宝宸的胳膊）宝宸，我们回去嘛。这件事，
　　　　就算是结束了。（松了一口气。但声音轻微颤抖，似乎又觉得
　　　　不真实）

陈宝宸　不！既然是决斗，就该有一个结果。

朱　珠　相安无事，就是最好的结果。

陈宝宸　那是懦夫给自己下台的话。（指着关连长）他跑了，

你来!

朱　珠　（吓了一跳）啊?

关连长　（哈哈大笑）陈公子,你娃是喝醉了哇? 想试我的刀!
（转向朱珠）朱小姐放心,我不配!（再转向陈宝宸）你也
不配。（又指向朱珠）她,也不配! 还珠老弟真是吃错
了药!

陈宝宸　（怒斥）你在侮辱朱小姐?

关连长　陈公子,你言重了。我与朱小姐、朱公馆,素无恩
怨。我有家有口,我老婆挑得起两桶井水,裁得出三个
娃儿的衣服,做得出一家五口的饭菜。我的家,巴适得
板! 我只是巴望着,还珠老弟也娶一个这样的弟媳妇!
朱小姐? 哈哈哈,我为还珠觉得很不值!

陈宝宸　（高声）住口! 当兵吃粮的,也这么爱磨嘴皮子。既
然你跟李副官情同手足,就把你的刀拔出来!（说罢,先
把剑拔出了鞘）

关连长　（冷笑）那,陈公子就不要后悔了。（攥住刀把,就要
拔刀）

朱　珠　（大喊）慢!

〔众人一惊。

〔李还珠、范二娃上。

李还珠　（大喊）慢！

〔众人再是一惊！所有的目光，都射向李还珠。

李还珠　我后半夜在街上逛，敲开苍蝇馆子，喝了几大碗冷
　　　　酒，很早就来了这儿打瞌睡。后来，我突然惊醒：忘了
　　　　一件事！

众　人　啥子事？

李还珠　不，是忘了一个人。

众　人　啥子人？

李还珠　（手指范二娃）他！

范二娃　（看着李还珠，带哭腔）小……少……爷！

〔众人发出嬉笑和叽叽喳喳的声音。

关连长 （大喊）废话少说，接到！（举起宝刀，一把扔向李还
珠）刀剑无情，场子扯开！（率两个军官驱赶众人，亮出一
块空坝来）

李还珠 （接住刀，但没有拔刀出鞘。正面朝向陈宝宸）陈公
子，请！

〔陈宝宸脱了黑披风，甩给一个手下，露出扎入皮
带的白衬衣。以标准、优雅的持剑姿势，向前一步。

陈宝宸 李副官，请！

〔朱福田、朱夫人，以及两三个和尚，不知何时，已
走出山门，站在了围观者中。他们目光专注，双手
合十，嘴里在默默念叨。

〔陈宝宸一剑挥出，冷冽的空气中，发出嗖的
一响！

〔众人鸦雀无声。包驼背的腿在打抖，手中的茶壶
口朝下，一直在淌水。

〔李还珠身子向后一弯，躲过了这一剑：剑从胸口
平划而过，军服现出一道裂口，但没有受伤。

〔众人哄然响了一刻，又静了下来。

陈宝宸　（怒吼）拔刀啊！

关连长　（大叫）你搞啥子名堂！

〔李还珠仍没拔刀，但很冷静地盯着陈宝宸的剑。

陈宝宸　（大叫）虾爬[7]！（向前跃出，剑尖疾刺李还珠的胸口）

〔李还珠飞快地向后一退，向右一闪，剑尖插入他
左肩的军服，留了个破洞。所幸，依然没有受伤。

〔众人又哄然响了一片，马上又静了下来。

关连长　（大骂）你找死啊，李还珠！

李还珠　（背靠银杏树）不！

陈宝宸　（怒号）去死！

〔陈宝宸用足了十二分的力，再一剑，直刺李还珠的面门。

〔李还珠向左一闪！剑尖擦过他的右耳，深深扎入树身。陈宝宸用力之剧烈，剑身都弯成了弧形，且不住发抖。

〔李还珠飞快地拔刀出鞘，刀光闪着冷冽的寒意。

〔众人都张大了嘴巴，发不出一点声音。朱夫人、朱珠捂住了眼睛。

关连长 （怒吼）宰了这个小白脸！

〔但，眨眼之间，李还珠已经收刀入鞘，并把它抛向了关连长。关连长本能地一伸手，把刀接住了。

关连长 你哪副药吃错了？！

李还珠 一切都结束了！（向陈宝宸、朱珠鞠了一躬）请陈公子原谅我的粗鲁。也请朱小姐原谅我的莽撞。阿弥陀佛，感谢佛祖、观音的保佑，我们都还活着！

〔朱珠惊喜交加，赶紧鞠躬，向李还珠回了一礼。

〔但陈宝宸不为所动。他已把剑从树身上抽了回来，手和剑都在发抖，呼吸急促，眼光亢奋。

〔众人的情绪，经过几起几落，此时又叽叽喳喳议论了起来。

关连长　李还珠，你昨夜喝的不是酒，是迷魂汤！一转身就成了假眉假眼的洋教徒哇？我不信这个！哪个扇了老子的左脸，老子就砍了他的右脸！何况，他龟儿子的，扇了你两个耳光！两个耳光啊……你这个七尺男儿汉！

李还珠　关兄，你是要我为了这两个耳光，杀了陈公子？

关连长　至少砍断他的磕膝头。

李还珠　砍断了又如何？

关连长　让他一辈子跪到走。

李还珠　跪到走？

陈宝宸　（屈辱、悲愤）够了！你们谈论我，活像谈论一条案板上的鱼。今天的决斗，还没有完。不见出个生死，也要杀个血白血红！（对着李还珠）拿刀！（李还珠不动）那就对不起了！

〔陈、李之间，隔了三五步。陈宝宸向前一跃，挺
剑直刺过去。

〔关连长一脚踢中陈宝宸的手腕，剑飞起来，坠落
在地。

〔再一脚，踢中他的膝弯。

〔陈宝宸扑通跪了下来。

〔但，李还珠飞快伸出双手，把陈宝宸拉了起来。

关连长　（指着李还珠，手指发抖）你，还有一个男人的尊严吗？

李还珠　两个耳光就能夺走的尊严，也没啥子价值。我情肯
不要！

关连长　（指着陈宝宸）可是，他要！他扇你两个耳光，就是
要面子、要尊严！说老实话，我开始喜欢这个公子哥儿
了。我以为他是个虾爬，结果他不是：他宁肯和你拼个
死活，也绝不让你把尊严夺回来！哈哈哈！

〔剑，依然躺在地上。但陈宝宸握紧双拳，昂然而立，就像在证明关连长的话。

〔朱珠，以及众人，都看着陈宝宸，目光中似乎有新的发现。

李还珠 （长叹了一口气，抱拳拱手）关兄，陈公子，各位朋友，看热闹的看官！我活了二十五年，今天一觉醒来……不，一觉惊醒！想起耳光和尊严，吓出一身冷汗，赶紧甩开脚板往家跑。

众　人 为啥子？

李还珠 范二娃，昨晚和我顶了几句嘴，我扬手就扇了他两耳光！（做扇耳光的动作）我想都没想，就把范二娃的尊严夺走了。我还满大街地逛，喝冷酒，去茶铺打瞌睡，等到天亮，砍死那个扇了我两耳光的人！可是我，却没有把范二娃当人！我哥哥临死前，要我代他活下去。哥哥是个连麻雀、蛾蛾儿、鸡犬、苍蝇、老鼠都怜悯的人。我呢，我是个啥子东西！

〔 众人一片哑寂。

范二娃　（带哭腔）小少爷……莫说了！

李还珠　我要说！我扑爬跟斗跑回文庙前街，推开院门，我的天啊！范二娃还跪在那棵柳树下。我扑通一声，就给他跪下来。我说，二娃、二娃，你扇我两耳光嘛！你妈妈照顾我好几年，把我当亲儿子，还要你跟了我，把我当亲哥哥……哪有亲哥哥这么扇弟弟耳光的！

范二娃　听到小少爷这么说，我当时就哭了。说啥子亲哥哥嘛……我亲哥哥范老大，是个二不挂五[8]的泥瓦匠，烂酒[9]、好赌、抽大烟，赌输了就拿嫂子、侄儿还有我出气，想骂就骂，想扇耳光就扇耳光。我挨他的耳光，不晓得有几百回了！我有啥子尊严哦……我从不晓得啥子叫尊严！小少爷，昨夜你终于……扇了我两耳光，你这才像我的亲哥哥啊。不！你跟我的亲哥哥简直不一样。我咋会扇你两耳光？你，还要给我跪下来！（大哭，拿袖子揩眼泪）

李还珠　（拍范二娃的肩）二娃，兄弟。我以前，也从不去想啥子叫尊严！我是被陈公子扇了两个耳光后，才晓得，我被剥夺的那个东西，就叫做尊严。你不扇我两耳光，那，你要不要我去扇陈公子两耳光？要不要我一刀砍死陈公子？

范二娃 （使劲摇头）不、不、不……

李还珠 一个人，两耳光能夺走另一个人的尊严。但，靠两耳光夺不回自己的尊严。

范二娃 那，又靠啥子呢？（指着关连长手里的刀，嗫嚅）未必然是靠刀？

李还珠 刀能夺走的，只能是一条命。天地万物，还有比命更金贵的吗？

关连长 （早已不耐烦）李副官！我是没念过军官学校的粗汉子，只晓得被打了脸，丢了面子，活在世上，只配做夹着尾巴的狗！

李还珠 关兄说得对。我莽撞了二十几年，今天起，就想夹起尾巴做个人。做一条狗，也不妨！这把宝刀，我不配用，失敬了。

关连长 废话再说半句都嫌多。李副官这身军装，怕是该换

一件袈裟了！（挥动宝刀）这把家传的宝刀，我捐到关帝
庙去做摆设。哈哈哈！

　　〔话音落地，换来一片哑然。
　　〔灯光渐暗。

【　第　六　场　】

蒙面人

〔腊月二十九，清晨，雪后。

〔文庙前街李还珠家。一个门框，把舞台区分为屋内和院坝两个空间。

〔院坝里，依然是枯柳、鸦巢，树下有石桌、石凳、石锁。桌凳上铺了一层白雪。石锁却没沾雪花，显然刚被人操练过。

〔除夕将至，远远传来零星放鞭炮的声音。

〔屋内光线昏暗，一张桌子，几把椅子。墙上挂着一幅观音画像。有一只烤火炉，但没有生火。

〔李还珠穿单衣、棉背心，手捧一册书，边读，边踱来踱去。

〔范二娃没戴帽子，露出大光头，手里端着两只大碗，从厨房上。

范二娃　吃早饭啰，小少爷！枪缴了，军装脱了，饷银也莫得了，倒好，用起功来了。可惜啊……（老气横秋，呼了一口气）

李还珠　可惜啥子？

范二娃　可惜读书用功，晚了。想升官发财，路又断了。（把碗放桌上，搓手，笑）不过，小少爷倒是稳得起，不着急——可以哦！

李还珠　（坐下，放书，端碗，笑道）我从前就是吃了着急的亏，正在修炼嘛。（竖起耳朵聆听）你听，好静哦。

范二娃　（也作聆听状）硬是静得人心慌。隔了城墙，连南门大河的流水，都听得一清二楚的。

李还珠　我解甲归田，图的就是这个静。

范二娃　（凑过来瞄了眼桌上的书）是些啥子书呢？

李还珠　我哥哥留下的佛经、高僧传、因果报应的故事集。他从前读的时候，常常要流泪，（长叹一口气）我硬着头皮读了两三本，眼睛干巴巴的，瞌睡都上来了。

范二娃　（坏笑）太太从前就说过，小少爷心肠硬。

李还珠　范姆姆也说过我心肠硬。

范二娃　她们是知人知面不知心啊！

李还珠　（噗一口，把饭喷了出来）我服了你了，二娃！你是张口就来。

范二娃　我是心直口快。

李还珠　也太快了些！不过脑。

范二娃　（颇为得意）我妈就说过，二娃嘴皮子最得行！

李还珠　我在想啊，那家空了吹小茶铺，我们可以接过来，你呢，也正好说几句评书。

范二娃　（把头摇得像巴浪鼓）要不得、要不得！包驼背也说过，本小利薄，他儿孙都不接！我们接来自己喝哇？两碗茶从早喝到黑，痨肠寡肚，还当不了一块锅盔呢。不得行！

李还珠　啥子事情，都试一下嘛。这点本钱，我还是有的。染坊街有家何锅盔，我吃过，味道很巴适。我送你去当两个月学徒，二天 [10] 我们又卖茶又卖锅盔——凉粉锅盔、凉面锅盔、卤肉锅盔、肥肠锅盔——赶庙会的人每个人来喝碗茶、吃一块锅盔，我们的日子，就过得伸伸展展了！我当老板，你当掌柜，也算有头有脸的，要得不？

范二娃 （傻笑）嘿嘿嘿，说得我清口水都出来了，也要得嘛。我妈还教了我烧麻婆豆腐、炒熬锅肉。我们都可以开个苍蝇馆子了！不过……

李还珠 不过啥子？

范二娃 过世的老爷、太太，还有大少爷，他们地下有知，会不会安生呢？小少爷而今是李家挑大梁的独苗苗，这辈子未必然做个小茶铺老板就算了哇？再过三十年，又成一个包驼背！

〔李还珠正要说什么，外边响起拍打院门的声音。

〔范二娃跑近门框，向外打量。

范二娃 好像是有客。说不定是关连长。

李还珠 （一喜）会是他？快去开门！嘿嘿，他咋个会来呢？他恨我是扶不起来的阿斗，丢了军人的脸。简直把我当仇人，跟我一刀两断了。

范二娃 俗话说，藕断丝连嘛。（跑出门框）

李还珠 （笑骂）大字不识，乱掉书袋！正好拿给关连长收拾一下子。

〔范二娃跑过小院坝，下。枯柳上的乌鸦叫了两声。

〔片刻，范二娃上，跑过小院坝，一头冲进门框。

范二娃　（惶恐、喘息）小少爷小少爷……
李还珠　（起身）咋个了，关连长骂你了？
范二娃　（摇头，指向门外）吓死个人了……

〔客人徐步而上。毡帽、围巾、长棉袍，还用一块黑布蒙脸，只露出两只冷冷的眼睛。他抬头望了下鸦巢，乌鸦似乎也被惊吓了，叫声变得很不安。

〔客人穿过院坝，跨进门框。

〔李还珠和他对峙了片刻，脸上浮出一丝笑意。

李还珠　（平静、礼貌）朱先生，稀客了，请坐。二娃，还不泡茶！

〔朱福田解开蒙面的黑布，又脱下毡帽、围巾。突然，连打了两个大大的喷嚏。

朱福田　阿切！阿切！这屋子好冷。（指着冷火炉）咋不生火呢？

李还珠　（笑）三九、四九都扛过来了，再几天，柳树发芽，该赶花会了。

范二娃　嘿嘿嘿，穷人身上三把火，不算啥子的。谢谢朱大老爷。

朱福田　（搓手）就算入了春，还有倒春寒。还珠，我晓得你辞了军职，在俭省过日子。

李还珠　（笑）俭省是俭省，该花的还在花，你看二娃的脸上，就没有蚀一两肉。

范二娃　就是嘛，还胖了两三斤。

朱福田　话是这么说，炉子还是要燃起来。炭，我已经带来了。（看了眼门外）

李还珠　不……

朱福田　我生来怕冷。还珠，你不生炉子，是不想我上门哇？

李还珠　（抱拳致谢）那，恭敬不如从命。还珠的家，随时欢
　　迎朱先生来坐坐，粗茶、素酒，管够。龙门阵，扯伸了摆。

朱福田　酒，还有素的？哈哈哈，好！

〔卖炭翁上。依旧披头散发，但穿着朱福田赠送的
皮袍，看上去有一点怪异。

〔他挑一担青杠炭，穿过院坝，进门，熟练地把炉
子点燃了。随后留下两筐炭，鞠了一躬，退出去，穿
过院坝，下。

〔红旺旺的炉火，顿时让屋里有了温热的气氛。朱
福田、李还珠呷着盖碗茶，向着炉火。范二娃坐在
矮凳上，看着他们，随时听吩咐。

朱福田　二娃，街上好多小娃儿在打雪仗，你也去打会儿嘛。

范二娃　（摇头）我不去，我不是小娃儿了。

朱福田　（摸出些零钱）去买些鞭炮放，这个是老少皆宜的，哈
　　哈哈。

范二娃　（又摇头）我胆小，最怕放鞭炮。从前在军营里，听

见枪响我就吓得哭。

朱福田　那，就去小馆子买一笼粉蒸牛肉，打一顿小牙祭。

范二娃　（还是摇头）小少爷说了，外人的钱，不能随便接。外人的礼，不能随便收。

朱福田　（看了眼李还珠，有点尴尬，笑）看，二娃把我当外人。

李还珠　（也笑）朱先生别管他，他的歪歪道理多得很，我都讲不过他的。随他嘛。

朱福田　（叹口气）那，恭敬不如从命了。（起身）我走了，改天再来喝茶，（带点自嘲的笑）喝素酒。

　　〔朱福田戴好毡帽、围巾、黑面罩，跨出门。李还珠、范二娃送朱福田穿过院坝。

　　〔乌鸦懒洋洋叫了几声。

　　〔光线渐暗，只有烤火炉还红通通亮着。

　　〔光线渐亮，舞台上一切如前，但时间已是次日（腊月三十，除夕）的下午。街上的鞭炮声多了些，间杂着小娃娃们的嬉闹声，很有年关的气氛。

　　〔李还珠在柳树下耍石锁，动作娴熟，舒展大方。

〔传来拍打院门的声音。李还珠脸露惊喜，放下石锁，开院门。

李还珠　关兄，你总算来了！年三十，我们兄弟先喝它两杯，暖肠子。

〔朱福田上。穿着跟昨天一样，且依然用黑布蒙面，但眼神温和、亲切。

朱福田　（解下面罩，笑）我来跟你喝两杯，要得不？

李还珠　（惊讶之后，转而为笑）那当然更好哦！

朱福田　为啥说更好？

李还珠　关连长喝酒，是往死里灌，我有点吃不消。朱先生是斯文人，不至于嘛，嘿嘿。

朱福田　对。何况，是喝素酒。（两人走进屋内）二娃呢？

李还珠　一大早，我喊他回了营门口老家，跟范姆姆一起吃个团年饭。

朱福田　（轻松舒口气）好，好，应该的。

一 ○ ○

〔 朱公馆的小书童上。他挑着一担食品盒，穿过院
　坝，进屋，把吃的喝的摆满一桌子。鞠个躬，退下。

朱福田　（亲手斟了两杯酒）无酒不欢，来。

李还珠　真的是素酒？

朱福田　峨眉山万年寺的老尼姑私酿的，请大慈寺万了法师
　　　　转送了我一坛。还说，有酒的味道，但不是酒。

李还珠　听起来好玄。

〔 两人碰杯，一口干了。

朱福田　（嘴里回味）啧啧。

李还珠　还有点意思……（把酒杯斟满）再来！

〔 两人碰杯，又干了。

朱福田　还珠，你辞了军职，下一步做啥子呢？

李还珠　开个小茶铺。

朱福田　开茶铺？开玩笑。这样嘛，我给刘司令说说，你还是回去，换到参谋部，或者下去当个营长、副团长。

李还珠　谢谢朱先生。不过，我早就不想在军队中混了。除了皮带扣、纽扣是亮的，样样脏。就连刀枪，大半也生了锈。嫖和赌，简直不算事。克扣饷银、吃空额，也不稀奇。最肥实的差事，是私贩黄金、枪支和大烟。关连长，响当当的硬汉子，而今跑运输，为了养家，回回也要吃一笔黑钱。他说，黑钱大家都在吃。守一个清白的虚名，何苦呢！

　　〔朱福田默然端起酒杯，喝干了。

　　〔李还珠也把酒喝干了。

李还珠　（笑）朱先生爱说"碰巧"这个词。我呢，这回也算碰巧了，顺水推舟，就把自己推进了一个小茶铺。

朱福田　（也笑）顺水推舟？你跟范二娃一样，也开始乱掉书袋了。（突然笑容一收，脸色严峻）想没想过，过世的令尊、令堂，还有你敬仰的兄长，他们地下有知，会不会安生

呢？还珠，李家就你这根独苗了，这辈子安心做个茶铺
老板就算了？

李还珠　二娃也问过这个问题……

朱福田　哦？

李还珠　我哥哥一生干干净净做人，他定然会赞同。水是白
的，茶水是清白的，加了茉莉花的茶水，是香的。茶铺
虽然生意小，天天能闻到茶香过日子，也是多巴适的。至
于我爸的遗愿，就是儿子弃武从文。我妈更简单，儿子，
活着就是好的了。

朱福田　（默然良久，端起酒杯）还珠，我敬你。你太干净了。

　　　　〔李还珠端起酒杯，又放了下去。

李还珠　我不配。我身上那么多污点，说啥子太干净。

朱福田　你身上的污点，不是污点，是瑕疵。孔夫子也有瑕
疵。佛祖成佛之前，也是有些瑕疵的。你代你哥哥活着，
你没有辱没他。（微微仰头，仿佛看着一个遥远的所在，近似
于自言自语）正因为你太干净了，我不敢把珠儿许给你。

　　〔李还珠看着他，一脸发蒙。冷场片刻。屋外，有
　　北风呼啸刮过。炉火在红旺旺地燃烧。

李还珠　　（略微迟疑，但出语坚定）恕还珠没有听懂。难道朱先
　　　　生选中陈宝宸做女婿，是看中了他身上的污点？

朱福田　　不。宝宸算是个好人。但，还珠，你是个太干净的
　　　　好人。活在乱世，这很不容易啊！

李还珠　　可是，朱先生不就是个干净的好人吗？功业圆满、慈
　　　　悲济世，成都人说起朱先生，谁不比起大指拇儿夸你！

朱福田　　（再次端起酒杯，徐徐喝干）还珠，我告诉你一件事⋯⋯

　　　　〔范二娃上。背一个背篼，跑过院坝，一头撞进屋子。

范二娃　　小少爷小少爷⋯⋯朱大老爷也在啊，朱大老爷好！

李还珠　　惊风火扯[11] 些啥子！哪个喊你团年饭没吃就回来？

范二娃　　我妈讪。她把团年饭、年夜饭，赶在晌午就吃了，喊
　　　　我早些回来陪小少爷。（边说边从背篼里取东西）香肠、腊
　　　　肉、咸鸭蛋，还有嫂子烤的一小坛红苕酒。朱大老爷不

嫌弃，也带点回去尝一下嘛。

李还珠　还是范姆姆最心痛我。想当初，我妈一拿起鸡毛掸
　　帚子，她就赶紧把我藏到她背后，嘿嘿嘿。（向着朱福田）
　　朱先生，你接到说。

朱福田　（苦笑）嘿嘿嘿，我刚才正要说啥子呢？（自嘲地拍拍
　　脑壳）碰巧就被二娃打岔了。我回去了，你们今晚多喝
　　几杯，把炉子烧得再旺些，除夕过巴适。

　　〔朱福田起身，慢慢戴帽子、围围巾，用黑面罩遮
　　住脸……

　　〔光线渐暗，只有炉火在红通通亮着。

　　〔光线渐亮。已是正月初一的上午。

　　〔门框上挂了两只红灯笼。李还珠、范二娃身着
　　新衣。

　　〔李还珠伏在桌上写大字，一字一张。写完一张，范
　　二娃就拿去贴在墙上。

　　〔贴完八张，范二娃就指着墙壁，一字一字，高声
　　念了出来。

范二娃　阿弥陀佛，恭喜发财！

李还珠　（哈哈大笑）二娃啊，你胆子也太大了。我明明写的

　　　　是：春到茶铺，有空来吹！

范二娃　那，应该贴到茶铺头去啊。

李还珠　快了。等过了元宵节，我们就去把茶铺盘过来。

　　　　〔朱福田戴黑面罩上。

　　　　〔他悄悄穿过院坝，走进屋子。

朱福田　（念墙上的字）有空来吹！哈哈哈，我这会儿就有空啊。

李还珠 / 范二娃　（拱手）朱先生 / 朱大老爷，过年好！

朱福田　（拱手）过年好！年在你府上。我今天是空手来拜年

　　　　的，只给二娃备了个红包。（从怀里摸出红包。随后脱帽，解

　　　　下围巾、黑面罩，坐到桌前）

李还珠　让朱先生破费了。

范二娃　（接过红包，掂了一下，感觉颇厚）谢过朱大老爷。（赶

　　　　紧泡上一碗茶）

朱福田　（边呷茶，边打量墙上的字）我还是头一回见到还珠的

墨笔字。很像娃娃体，但小娃儿是写不出来的，又大又
黑，不俗，也不拘束。

范二娃　　（抠头皮）朱大老爷，我都听晕了。

李还珠　　哈哈哈，我也有点晕。不过，晓得是朱先生美意，绕
来绕去，找点好话来夸我。

朱福田　　哈哈哈！茶铺没开张，先祝一声开门红。（话锋一转）
今天，我在大慈寺香积厨订了一大桌素席，司令、师座、
参谋长、袍哥老太爷，都要来。二娃，麻烦你去帮到打
个下手，把锅碗、青菜萝卜、菌子干笋……洗得干净些。
好不好？你的小少爷，我来陪。

〔范二娃看了眼李还珠。

〔李还珠点点头。

〔范二娃鞠躬，退下。

〔李还珠、朱福田各喝了一大口茶。

李还珠　　（笑）昨天被二娃打岔了的话，朱先生想起来了哇？

朱福田　　（避而不答）今天，你不关院门，是还想着关连长要

来吧？

李还珠　（也避而不答）朱先生这几次来,都戴着块黑面罩。是

　　怕被人认出来？全成都，认得你的人，没一个会害你。

朱福田　是的，都把我当财神、善人、活菩萨。

李还珠　难道不是吗？

朱福田　是的……也许是，也许不是。（重又戴上面罩，看着李

　　还珠，似乎在看一面镜子）戴这块面罩，是怕被自己认出来。

李还珠　（惊讶）啥子意思？

朱福田　不是欺人，是自欺。

李还珠　（笑）说得太离谱了嘛。

朱福田　我功业圆满、慈悲济世，为啥还要自欺呢？

李还珠　是啊！

朱福田　（阴森森的语调）因为，我杀过人。

李还珠　（迟疑）我不信。

朱福田　我杀死了一个手无寸铁的女人。手不沾血,残忍至极。

李还珠　朱先生……

〔朱福田摘下黑面罩。

〔光线渐暗，连炉火也熄灭了。

〔俄顷，炉火渐亮，但整个舞台仍在黑暗中。

〔朱福田的讲述声在黑暗中响起。

朱福田　成都北门外的凤凰山，有座朱家大院，我就出生在那儿。朱家是世代乡绅，堂屋里供着孔子、孟子、佛祖、观音，但并不守旧。堂祖父中进士、点翰林，在北京做了官。大堂伯留了洋，回国后在上海的洋行里做事，升到了总管的职位。我父亲科考蹭蹬，只考取了秀才，但也兴办义塾，造福乡里。我十六岁时，父亲病故，大堂伯就召我去了上海。先是念书，后来给他当秘书。又过了几年，大堂伯病故了，我就出来自立门户，做贸易。承蒙佛祖眷顾，很是赚了一些钱。

李还珠　那时候，还是大清国拖辫子的最后几年吧？

朱福田　是的。可我已经西装领带、喷香水、夹皮包、坐洋车，操一口洋泾浜英语，在租界上混得有声有色了。

〔光线渐亮。两个人在围炉烤火。

〔朱福田起身，踱了几步，又坐了下来。李还珠把茶碗递给他，他接过来喝了一口，眼睛似乎在望着一个遥远的所在。

朱福田　虽说"有声有色"，其实，我生来就不好色。到了三十岁，还是一个单身。然而（停顿片刻），我忽然迷上了一个女人。

李还珠　（笑）能让朱先生着迷的，想必相当漂亮吧。

朱福田　（自顾自，沉浸在往事中）岂止是漂亮……她原是一个末代总督的小妾，从南洋买回的，皮肤黝黑，眼睛亮得像一只山猫，又凶残，又勾人魂魄。总督对她，宠爱备至，专门请名师教她琴棋书画，填词作文。据说，总督生前，把一半财富都偷偷转给了她。守寡后，她在租界买了一栋带花园的小洋楼独居。她有钱，又好客，海上名流都常在她家出入，咖啡美酒，夜夜良宵。我是这些客人中的一个，去了几回，就爱上了她。于是乎，我决意不在乎她曾为人妾的卑贱过往，向她求婚。

李还珠　但是，她拒绝了？

朱福田　（叹口气）是拒绝，也就简单了。我头一回，为女人昏了头，给她写了一封长信，用了很多肉麻的字眼，还很抄了些情爱的诗词。最后，签上我的名字，盖上了图章，活像在签一份生意上的合同，甲方签好，只等乙方签名了。

　　　　　　信寄出去，却没有回音。

李还珠　你等了好多天？

朱福田　一天，两天，三天，十天，一个月……度日如年。无奈之下，我婉转托人打听，才晓得这个女人的心，早就属于他人了。

李还珠　哦，她已经订了终身？

朱福田　终身？她可能也没有多想。她喜欢的，不，痴迷的男人，是一个才子，也是四川出来的，乐山，或是眉山，姓苏，人称小苏学士，老家还有一房小脚太太。但他用了岳丈的钱留了洋回来，就赖在上海没有回过家。他长相清秀，头发梳得油光水滑，谈吐风雅有趣。又会写诗、谱曲，书法模仿苏东坡，可以乱真。还精通德文、日文、梵文，识得甲骨文。这位女士过生日，他用甲骨文献上一首情诗，人皆不识，经他一念，满堂喝彩。那女士说：
得此一首诗，死了也心甘！

李还珠　这位学士，靠啥子谋生呢？

朱福田　十里洋场，白吃白喝的风流才子，不算少。多半，就
靠这位女士吧。

李还珠　他二人关系如此非同一般了，朱先生居然从没听
说过？

朱福田　从没听说过。一是，我对男女情事一向迟钝，不闻
不问。二是，我这个人天生一张冷脸，让人觉得寡淡无
趣。即便和蔼、微笑，也是一本正经的。跟我做生意的
人，都相信我诚信可靠，但交朋友，就算了。我呢，天
性刻板，也不想交朋友。于是，这婚恋大事，也就没人
可商量。三呢，是我太自以为是了：家世好，有前途，年
纪轻轻已赚了很多钱，还能再赚更多的钱。只要我肯娶
她，她又如何会拒绝呢？

李还珠　然而，她就连拒绝都不屑说。

朱福田　是的。我打探到她和小苏学士的关系后，又去赴过
一回她家的酒会。她见了我，依旧笑一笑。但我分明从

她眼神中，看出了轻蔑和嘲讽。我如坐针毡，喝了两杯酒，就托病回家了。在家里，我越想越耻辱。而且，一遍遍想象，她和小苏学士一起读我写的情书，边读边发出哈哈的笑声。每一个笑声，都是扇在我脸上的耳光！

李还珠　（沉默好一阵）我不懂，她为啥不明白拒绝你？

朱福田　为了羞辱我。就像猫戏老鼠，看着它无助、无力、悲哀、悲痛，一点点地死去！（猛地站起来看，把手握成拳头，狠狠地击向空中）

李还珠　（叹口气）朱先生，过了几十年，你的恨，还没有消停啊？

朱福田　（愣了愣，缓缓坐下）不，不是恨，是嫉恨！是妒火！——那，就是我当时的心情。

李还珠　于是，你就想杀了她？

朱福田　不。我只想扇她耳光！要她跪在我脚下发抖，哀求我，饶恕她羞辱一个男人的罪过！还有，我要拿回那份愚蠢的情书，把它烧成一把灰。

李还珠　我的天！真的说干就干了？

朱福田　我是个生意人，凡事长于谋划，除了这次求婚，从没失手过。二月间，我打探到小苏学士去了北京游学。二月十八，观音菩萨生日的前夕，那位女士的贴身丫鬟要去静安寺通宵打坐念经。而给她守门的老头，每晚要喝半瓶在酒桌下捡来的剩酒，睡得像一头死猪。这天半夜，我就翻过院墙，爬上阳台，钻进了她的卧室。那时，我还年轻，手脚也很有力。

李还珠　她跪下求饶了吗？

朱福田　（起身，边讲边重现着当初的动作）她已经入睡了。我掀开被子后，她似乎并没有惊慌。她站起身，靠着床头，还把睡衣拉紧，遮住胸脯和肚子，并用山猫般的眼睛，冷冷看着我。我数落她的罪过，几乎泣不成声，最后，喝令她跪下来求饶！

李还珠　可她并没有跪？

朱福田　是的。她丝毫不怕我。她说：滚出去！你这个瘪三！赤佬！乡巴佬！随后，就是一阵尖声大笑。

李还珠　唉……

朱福田　我骂了声："贱婆娘！"扑上去卡住她的颈子！卡了好一阵，松手后，她滑到地板上，再也没有声息了。

〔光线突然暗了下去，只有炉火在燃烧。朱福田的
声音在黑暗中继续。

朱福田　我翻箱倒柜，寻找那封情书，但没有找到。可能，她
很不屑地烧掉了。也可能，小苏学士拿走了，作为可笑
的素材，今后写进他的文章中。当然，也可能混在她的
书籍、手稿里，暂时不见了。总之，这让我更加地愤怒！
好像她的死，不是我的罪孽，而是她设下的一个阴谋。
（光线渐亮，朱福田坐了下来，端起茶碗，但是没喝）我把她的
金银首饰，用她的围巾裹成一包。临走，还不解恨，又
把她扛到喷水池边，一把扔了进去！

〔女人的落水声，嘭地一响！
〔屋内笼罩着死一般的静。

李还珠　那包首饰，你拿来干啥子？你又不缺钱。
朱福田　制造偷盗杀人的假象。后来，我在首饰中夹了半块
砖，投进了黄浦江。

李还珠　你这么容易就逃走了？

朱福田　是的。我咋个进来的，就咋个出去的。

　　　　　第二天，凶案被发现。法医的报告里还说，那女士的肚里，还有一个三个月的胎儿。

　　　　　第三天，破案了。

李还珠　（跳了起来）破案？那你！

朱福田　（一口把冷茶喝干了）破案！但凶犯不是我。

李还珠　这……太扯了啊！是哪个死鬼帮了你？

朱福田　是命。

〔光线渐亮。

　　有个上门送柴米蔬果的，叫阿金，跟那位女士的一个小厨娘阿秀，是苏北同乡。日久生情，阿金想娶阿秀。但女士喜欢吃阿秀做的饭，偏不答应。阿金求了几次，女士很不耐烦，就说：我把阿秀卖到堂子里，也不嫁给你！阿金恨得咬牙切齿，几次在小馆子喝醉酒，当众放狠话，说早晚要掐死那贱货，把她卖身得来的钱都卷了，跟阿秀远走高飞！这些话，是人都晓得，是气话、酒话，当不得真。可那女士一死，这些话都当真了。巡捕房派了好几个大汉，天亮前杀气腾腾去抓阿金！阿金吓坏了，惊慌之中，翻窗逃跑。

李还珠 （叹气）这一逃，黄泥巴掉进裤裆里，不是屎也是屎了。

朱福田 阿金慌不择路，跳进苏州河，巡捕开了枪……阿金死了。阿秀被抓进局子，关了两天，问过几回话，放了。据说她后来回了苏北，嫁了人……如果还活着，该已是做了奶奶了。

李还珠 那位小苏学士呢？

朱福田 从此没在上海露过面。他在北京买了座四合院，自称在家和尚，写了很多书。每出版一本，都好评如潮。据说，书局请他写一部群芳谱，他没写，理由是："此情可待成追忆，只是当时已惘然。"（长长嘘了一口气）

李还珠 这下，朱先生可以放心了。

朱福田 不。噩梦才刚开始。

我继续做生意，毫无忏悔之心。只是，越是赚多了钱，越担心我那封情书会突然被发现，从此身陷牢狱，生命、金钱、名誉，统统烟消云散！你看，我是多么没心肝。我认定死者是活该，胎儿是孽种。后来，恨意消了，我依然觉得这一切，都出自于天意。

李还珠　既是天意使然，朱先生担心的事情，也就并没有发生。

朱福田　是的。我慢慢也把这件事淡忘了。快四十岁时，家母摔了一跤，半瘫卧床，我就回到成都定居，以尽孝子之责。再过一年，又娶了年轻貌美、温柔贤惠的太太，生儿育女，从此才享受到，过日子，啥子叫滋润、温情、天伦之乐。

李还珠　（冷笑）朱先生神不知、鬼不觉，就报仇雪耻了。又哪还有啥子恶梦呢？

朱福田　还珠，我晓得，你已经在很瞧不起我了。

李还珠　（沉吟片刻）朱先生，你的故事，我还没有听完呢。

朱福田　（也沉吟了片刻）简而言之，我没有遇见鬼神，我遇见了我！

李还珠　（站起身，踱了几步）我想起我哥哥说的一句话，明心见性。你也该是到了那一刻！

朱福田　那一刻，来得太迟了。而且，还是分为两次到来的。

李还珠　这话咋个讲？

朱福田　简而言之吧。我算是老来得子，宠爱、溺爱也该是
　　　　　自然的。但我并不这样做！世家大族的败家子，我看得
　　　　　太多了，陈宝宸的爹，就算其中的一个。我把爱藏起来，
　　　　　拿出严父的样子，三岁发蒙，我亲自做蒙师，还去文庙
　　　　　请回了一把二尺七长的湘妃竹戒尺。正面刻着：仁、义、
　　　　　礼、智、信。背面刻着：己所不欲，勿施于人。

李还珠　用来抽娃儿？

朱福田　那戒尺，猛地抽在我脸上！

李还珠　比两个耳光还响亮？

朱福田　（抚摸双颊，似乎痛楚犹在）是的。

李还珠　把你打蒙了？

朱福田　不，把我打醒了！仁义礼智信，己所不欲，勿施于
　　　　　人！这十三个字，我给娃娃讲了整整一百天。每一天，
　　　　　都是痛苦的折磨：我杀了人，却跟儿女讲啥子是仁爱！
　　　　　我撒了谎，却跟儿女讲啥子是廉耻！我剥夺了一个胎儿
　　　　　的生命，却跟儿女讲啥子叫己所不欲勿施于人！我像爱

眼睛一样爱儿女，却不敢直视他们干净、明亮的眼睛！

这是怎样的一种惩罚啊，还珠！我的罪孽有好深……

李还珠　（语气淡淡的）于是，你就皈依佛门，念经、行善，期望减轻罪孽，更不要祸及子孙。

朱先生　是的！——但是！我也晓得，我是自欺。我手上欠着三条命！三条命啊……我即使拿出一半的财富救助活着的穷人，也不能够让死去的无辜者活回来。事实上，报应的霹雳，已经在我头上炸响过一次了！

〔停顿，向上仰望。一串惊雷，猛烈地滚过。他深深吸气，仿佛还能闻到呛鼻的硫磺味。

〔李还珠被感染了，也不由自主仰起头来，并伸手搭在额前，仿佛有一束强光射下来，让他睁不开眼睛。

李还珠　你听到的，是一声警示？

朱福田　是的！——但是！我听明白了，但我还是在犹豫。我晓得，即使我散尽家产，我也洗不清我的罪。我晓得，唯有向世人坦白我的罪，接受一切极端之惩罚，死去的无辜者才会在地下安心，而我……也才能安心地死去——

这样，报应的闪电、霹雷，才会从朱家的头顶上移开！

李还珠　但是，朱先生一直在犹豫？

朱福田　我犹豫了很多年。我担心，一旦说出真相，我立刻会身败名裂，所有耻辱、侮辱、最肮脏的字眼甚至是粪水，都会泼到我身上……但是，我既然决心以命偿命，这些，都可以不在乎。但是！我的女儿，我的太太，我的家族，他们一定会受尽歧视，受尽嘲笑和谩骂。他们，还怎么活在这世上啊！

李还珠　可你还是开了口，至少对我一个人说出了真相。

朱福田　因为，我已经打算对所有人说出真相了。

李还珠　这么容易，你就想通了？

朱福田　这都是因为你，还珠！

李还珠　我？

朱福田　陈宝宸用两个耳光夺走了你的尊严，还夺走了你痴情的女子。你可以用刀夺回尊严，甚至公平地杀死他！但是，你放弃了。所有在场的人，你的朋友，一切听说这件事的人，无不嘲笑你是虾爬、胆小鬼。你，却没有一丝一毫的悔意。

李还珠 （默然片刻,大笑）哈哈哈！我也有后悔啊。陈宝宸两
个耳光扇来时,我居然没躲开,白挨了！

朱福田 那两耳光,就像扇我脸上,把我扇醒了。我心里藏
着罪恶,却戴着尊严的面罩……（把桌上的黑面罩投进火炉。
火焰跳跃着,向上蹿高了一尺）我已经下了决心,摘下面罩,
把罪过公之于众。

〔李还珠看了朱福田一眼,随后久久地盯着火焰。

朱福田 还珠,你有啥子话要对我说吗?

李还珠 （目光诚挚,看了朱福田良久）朱先生,就按心里想的
去做吧。

〔光线渐暗,渐黑。只有炉火在熊熊燃烧。

黑色火焰

〔正月十五，晚饭后。

〔地点仍在李还珠家。但屋内场景扩宽，几乎占据了整个舞台。院坝只露出了一角。

〔李还珠、范二娃穿着新衣服。李还珠还系了围巾，二娃戴了瓜皮帽。正准备出门。

范二娃　（喜气洋洋）都说今年元宵节的灯会最闹热，从华兴街到商业场，挂了一万一千一百一十一盏灯哦。

李还珠　（笑）我只想猜灯谜，碰一下运气。

范二娃　小少爷肯定运气好。运气是你的，拿了奖是我的！

李还珠　想得安逸哦！少废话，把炉子的火熄了。

〔范二娃拿一块砖压到炉子上，炉火顿时消失了。

〔两人走到门前，二娃一拉门，忽然有人迎面而来：

　　是戴着白色面罩的朱福田。

　　〔冷场。一时，气氛诡异。

朱福田　时间好快，转眼正月十五了。李家院坝里的柳树，又
　　　　发了芽。

李还珠　朱先生来，不是为了看柳树发芽吧？

朱福田　（看了眼范二娃）不是。

李还珠　二娃，我就不去了。你看了灯，回来路过染坊街，给
　　　　我带两块何锅盔。

　　〔范二娃罕有的安静，不敢多话，点头后退。

李还珠　一块红糖锅盔、一块肥肠锅盔！朱先生，请。

　　〔两人进屋。李还珠倒了两碗茶，重新点燃炉子。

　　〔朱福田坐下，定定地看着李还珠。

　　〔火焰从炉子里升了起来。

朱福田　你点炉子还很有一套嘛。

李还珠　是二娃教我的。他说，人要忠心，火要空心。

朱福田　（默然片刻）你就不问我，为啥又戴上了面罩？

李还珠　有啥好问的。无非是告诉我，你改主意了。

朱福田　（摘下白面罩，抬头看了看电灯）灯会上的灯，多是多，可惜，电力公司的发电机，软火了些。

李还珠　嫌灯泡不够亮？

朱福田　也不是……比清油灯还是好多了。

李还珠　（若有所思）我想起了小珠子喜欢的一句话："仿佛若有光。"有光，终归是好的。

朱福田　（叹口气）仿佛、好像、大概……都是些含含糊糊的词。（脸色陡然严峻）唯一能够肯定的，是在这世上，除了我，知道凶杀案真相的只有你！还珠，你不会出卖我，对不对？

李还珠　（笑容僵在脸上）出卖？（终于冷笑出声）亏朱先生想得出！

朱福田　那好！我不说，这事就等于没有发生过。我即便受千夫所指，千刀万剐，死者也不能复生！我为啥要说出真相？我要活下去！我要给孤儿院捐更多的钱，给饥寒的老人送更多棉袄和大米……我要享受辛苦挣来的荣耀，守护我的家庭，看着女儿、孙儿、孙女一天天成人！我为啥要坦白！（停顿，声音转为低沉）二十几年了，人们早就忘记了。我每天还跪在佛祖前默念，祈祷死者早投胎、早转世……

李还珠　是啊，人们早就忘记了。可，朱先生还记得！这个噩梦，你终究是做不醒的了。

〔朱福田把白面罩扔进火炉。炉火腾起来，活像一只只向上的手，在空气中挣扎、乱抓。

朱福田　这个噩梦，我彻底放下了！

李还珠　朱先生放下的，只是一块布做的面罩。你面罩下的面罩，才是连着骨肉的。恶梦，长在你的骨肉中。

朱福田　所谓恶梦，无非幻象。我是执迷太久了……顿悟，就是破执！今夜我就是来告诉你，这个恶梦，我破了。

李还珠　你还在自欺。撇开别的不说，你每天看着小珠子，何曾有过一丝一毫的轻松！生怕她嫁到我这种傻瓜的家里，更怕她落到你这种阴沉、冷血人的手中——心头装满了黑炭，一星嫉妒的火苗就会让它熊熊燃烧！就连火焰，也是黑色的！你清楚，自己是个啥子人。破的哪门子的执！

朱福田　（默然良久，换了个问题）还珠，老实告诉我，你相信地狱的存在吗？

李还珠　（迟疑）地狱？

朱福田　可见，你也不相信。因为，从没有一个人说，他亲眼见过阴山背后有地狱！因为，从没有人从地狱回来过。地狱，不过是幻象。人死如灯灭，死了就是死了。投胎转世、因果报应，都是说来哄人的。天堂，倒真的是存在的。你哥哥就说过：活着便是天堂！说得多好啊。我要活着，活着，活着！天天在天堂。

李还珠　是的，活着便是天堂。可活着，也是地狱！如果身负血债、心中藏着罪孽、夜夜被恶梦缠绕，那不是天天活在地狱中吗？朱先生！

　　　〔光线渐暗，只剩下炉火在燃烧。两人的对话，在黑暗中继续。

〔朱福田的声音，仿佛一下子衰老了十年。

朱福田　还珠，你要我咋个做？

李还珠　说出真相，从恶梦中醒过来。

朱福田　醒过来……我也就没有几天活的了。

李还珠　活着便是天堂，干干净净活一天，就足够尝到全部
　　　的幸福。

朱福田　（声音更为衰老，但也很清晰）好吧。

〔光线渐亮。屋子里只剩下李还珠一个人：他看着
　屋外，似乎在久久目送。

〔李还珠回到桌前坐下，喝了一口茶，翻开他哥哥
　留下的书。

〔枯柳上的乌鸦，叫了两声。

李还珠　（向着屋外）二娃？这么快就看灯回来了！

〔朱福田双手抄在袖中，走进屋内。

〔李还珠吃了一惊。

李还珠　朱先生？

〔朱福田站了半晌，迟疑不决地坐下来。

朱福田　我好像忘了件东西在这儿。

李还珠　是啥子东西呢？

朱福田　我，也想不起来了……

〔李还珠起身，四处打量、寻找。

李还珠　朱先生放心。我要是找到了，一定会送到朱公馆。

朱福田　（摇头）算了……你让我好生坐一会儿。

〔李还珠新掺了碗热茶，递给朱福田。

〔但朱福田没有接。

朱福田　我走了。记住我……

李还珠　当然会记住。

朱福田　记住我今晚两次的来访。离开了，又再回来过。

〔朱福田看了李还珠良久，转身出屋，下。

〔李还珠久久地看着屋外。

〔光线渐黑，炉火还在燃烧。但也逐渐被黑暗淹没了。

空了吹

〔 农历二月下旬。上午,大慈寺山门外。

〔 "空了吹"茶铺已换了新的店幌子,白底蓝字,李还珠手书,有点像儿童体。

〔 茶桌、竹椅子比从前多了四五张。三个茶客在喝茶,抽叶子烟杆,摆龙门阵。

〔 小报童吆喝着,走过空坝子。

小报童 春暖花开新闻多!慈善家杀死三条命!春暖花开……(下)

拉黄包车的茶客甲 知人知面不知心!咋个也没想到,朱福田,朱大善人,活菩萨,居然下得了那样的毒手。三条人命啊!

卖担担面的茶客乙 三条命?朱先生捐钱、行善,每年救活的孤寡老人、孤儿弃婴,何止三十条命!这件事,肯定不简单！拿不出证据，我就不信。

掏耳屎的茶客丙　证据？他红口白牙，自己招供的，还不算证据！而且是在女儿的婚礼上，那天又恰好是观音菩萨的生日，他敢乱说哇！

　　〔李还珠提茶壶上。他围了一张蓝布长围腰，围腰上画了一把白色茶壶。

　　〔他动作熟练、流畅地给茶客们掺水。

茶客甲　朱先生说，只有讲出真相，佛祖在苍天之上，才会保佑朱家的子子孙孙。他不能带着血债下地狱。

茶客丙　他是说过，要以命偿命。

茶客乙　这事必有蹊跷，反正，不好说。那天大慈寺的老方丈也在场，他也是不信，还怄倒了，回来闭关，哪个都不见。想请他开示、开光的香客些，都只有干等了。

　　〔关连长带着两个下层军官上，靴底急响，很有点风风火火。

茶客丙　（瞟了眼军官）嗨，大户人家深似海，小老百姓哪儿
　　　搞得醒豁哦。喝了这口茶，你去拉你的黄包车，你去卖
　　　你的担担面，我去走街串巷给人掏耳屎……空了吹！（举
　　　起长长的、闪光的镊子，弹了一下）

茶客甲、乙　要得哈，空了吹！

　　　〔三人端起茶碗，各自呷了一大口，分散下。
　　　〔李还珠低头收拾茶碗。
　　　〔关连长在三步之外站住。

关连长　李副官。

　　　〔李还珠充耳不闻，依旧收拾茶桌、椅子。

关连长　李还珠！

李还珠　（笑）哦，是关连长！稀客、稀客。

关连长　你敢不理睬我？

李还珠　我咋个敢！只是，这儿没有李副官，只有李老板。

〔关连长招呼另两个军官拖椅子坐下。

关连长 讨碗茶喝，不得赶我们走嘛？

李还珠 哪儿有开茶铺要赶客人的？何况是贵客。本小利薄，

我赚几个茶钱不容易。（说着，用拇指和食指搓了搓）

关连长 （摸出一块大洋，拍在桌上）够不够？

李还珠 （把大洋收了）绰绰有余，下盘免费。

关连长 过春节，你咋不来我家拜年、吃顿团圆饭？

李还珠 陈宝宸当众扇了我耳光，你当众对我下了绝交

令——拜年？我不敢。

关连长 （猛拍桌子）你不敢？你有啥子不敢的！

李还珠 （把三碗茶泡上）喝茶、喝茶。

关连长 （叹了口气）朱公馆出了那么大的事，你居然像啥子

都不晓得。

军官甲 如来佛打喷嚏，非同小可！

军官乙 李副官还活得这么的悠闲。

李还珠 那，你们想要我做啥子？我晓得、不晓得，又能咋

样呢？

关连长　我要你去朱公馆，劝劝朱先生。

李还珠　劝啥子？

关连长　劝他把话收回来。

李还珠　为啥子？

关连长　因为，他说的，不是真话。

李还珠　朱先生不是刚出道的二杆子。他踩过千山万水，头发都白完了，他要说的话，一定是想好了的。

关连长　我不信！

李还珠　关兄，你是受了朱先生的好处哇？

关连长　（坦然、诚恳）是的。大年初一，他派陈宝宸到我家拜年，送上了一个大红包，还带了句话：这点钱，够你娃儿念书、升学的了。我敬你重义气、有血性，今后要当个干净、清白的军人。我当时眼泪水就快出来了。我顶撞过他，还要你砍了他女婿的头。可他不计较。这么慈悲的老人家，难道还是个罪人！

李还珠　罪人，是他自己嘴里说出的。

关连长　人，都有身不由己的时候。说不定，是哪个嫉恨他的人，施展妖术迷惑了他。

李还珠　朱先生这个活菩萨，还会有仇人？

关连长　当然有可能，譬如那个半边黑。你说过，他绑票朱先生不成，被你扔进了岷江中。说不定，就是他的鬼魂缠上了朱先生。

李还珠　（大笑）哈哈哈！半边黑这个虾爬，会有这个神通？他的鬼魂要缠，肯定是缠我讪。我等着他来缠！

关连长　（恼怒）话不投机。（一拍桌子，起身）我们走！

李还珠　是去朱公馆劝他哇？

关连长　（不回头，边走边说）我们去大慈寺，为朱先生烧高香，祈福。

　　〔三个军官径直向山门而去，下。

　　〔李还珠目送他们的背影。

　　〔朱珠、陈宝宸上。朱珠依然留着刘海、一身女学生打扮，但更瘦了些，皱着眉头，忧心忡忡。陈宝宸穿一身剪裁讲究的蓝布长衫，头发略微乱了点，也显得朴素、温和了些。

　　〔李还珠转身看见朱珠，两人四目相对，愣愣的，说不出话。

陈宝宸　（用手半捂住嘴，假装咳嗽）咳、咳……

李还珠　（如梦惊醒，客气道）朱小姐。

朱　珠　（略带伤感、嗔怪）为啥叫朱小姐？还珠哥。

李还珠　（终于笑笑，但依然客气）小珠子，坐。陈公子，请。

朱　珠　二娃呢？

李还珠　我送他到染坊街何锅盔当两个月学徒，回来了我们
　　　　　也卖锅盔。

朱　珠　好啊，到时候我来吃。今天，本来我是自己来看你，
　　　　　宝宸一定也要来，他说，来跟还珠哥道个歉。

李还珠　（连连摆手）嗨，事情早就过去了，道啥子歉呢！

朱　珠　事情是过去了，但歉还是应该道。

陈宝宸　（鞠了一躬）真是对不起，请李先生多包涵。

李还珠　（回了一礼）快坐。

陈宝宸　（坐下，带点自嘲）我这个人，平日还算是理性的。可
　　　　　听到珠妹一口一个"还珠哥"，夸你这样好那样好，我就
　　　　　止不住有妒意。看见你把玉镯塞给珠妹，我的妒意就成

了炉火……这件事，对我也是个教训。

李还珠 （也带点自嘲）应该是我太莽撞了。

朱　珠 这件事，到此为止吧。还珠哥，我爸爸祸从口出，冤枉自己，等于是偷了刽子手的刀，硬说自己是杀人的凶手！把一个成都城，都闹得沸沸扬扬的。你，想必也晓得？

李还珠 我晓得。这两天来喝茶的客人，都在摆这个龙门阵。

朱　珠 这不是龙门阵！这是自己制造冤狱，自己往里边钻。爸爸身边的亲人、朋友，没一个人肯相信。就连警察来了，也要他拿出证据来。他说了个证据，连警察也笑得摇脑壳。

陈宝宸 他说自己狂热地爱上了死者，给她写了封疯狂的情书，求爱不成，就把她杀了。警察问，情书在哪儿呢？他说了半天，也没说清楚，最后说，只有天晓得！警察私下跟我们说，朱先生脑子出了问题了。（用手指头敲自己的太阳穴）

朱　珠 （瞪了陈宝宸一眼）也不是脑子出问题，是一时糊涂。

李还珠 也可能，不是一时糊涂，是一直清醒的。

朱　珠　如果是清醒的，他说出的岂不就是真相了？这咋个可能呢！爸爸如果真是杀人犯，我们不可能看不出一点点端倪。朱公馆，没有秘密。除了……我哥哥的死。

李还珠　你哥哥？那天朱先生给我说到"儿女"，我还以为是把"女儿"说反了。

朱　珠　"儿"，就是我哥哥。我对他的记忆相当模糊，后来妈妈悄悄告诉了我一些。爸爸是个严父，唯恐儿女不长进，成为社会的寄生虫，就三岁发蒙，读《论语》，他亲手拿着戒尺当蒙师。只要哥哥背错一个字，他就用戒尺猛打！

李还珠　（吃了一惊）这么小的娃儿，他下得了手？

朱　珠　不。他都打在自己的手心、手背、胳膊、颈子上。打得啪啪响！打过的地方，红肿得像一条条鼓起的蜈蚣虫！妈妈吓得一身打哆嗦。哥哥眼里包满了泪水，但是不敢哭……可怜的哥哥。家里悄无人声时，他就去照镜子，照啊照，像是在看自己脸上是不是有脏东西。妈妈觉得很害怕，就把小镜子收起来，把大镜子蒙上一层布。哥哥就趴到井坎边去照，不小心，落下去……淹死了。

李还珠　（小声）我的天……

朱　珠　爸爸把那口井埋了，种上了花木，不准任何人，再提到我哥哥。自那之后，他全变了，才四十岁出头，头发白完了。那把戒尺，他扔进了壁炉。对我，没有说过一句重话。我读不读书、读啥子书，他都不管。他只要女儿快活。如果我要天上的星星，他就会去买尽天下的梯子。（说着，笑了一下，继而呜呜哭了两声，用白手帕堵住自己的嘴）

李还珠　难怪，从认得朱先生起，就觉得他心事重重的。

陈宝宸　外人看姑爹，应有尽有，此生何憾。谁晓得，他经历过这么大煎熬！

朱　珠　我是读了巴金的《家》之后，爱上了文学，念了川大文学系。爸爸有一天让我讲点《家》里的故事，我就讲了大少爷和梅表妹的爱情、三少爷和鸣凤的爱情。讲到鸣凤投湖自杀时，爸爸号啕大哭！就像死了自己的女儿。我这二十年，只记得爸爸流过这一回泪水……这样的爸爸，咋可能会是杀人犯？！

李还珠　那，你后来为啥又放弃了文学呢？

朱　珠　妈妈跟我商量，说文学让人伤感。这个世上，让人伤感的事已经太多了。我们家大业大，要有力量，才能把家管起来。我说，我是没有这个力量的。妈妈说，爸妈替你挑个有力量的人，他管家，你管他。我顺从了，就改念了家政系。

李还珠　（轻轻嘘了一口气）明白了。可是朱先生，为啥要挑在你们婚礼上说出这番话？

陈宝宸　他说，该来的人都来了，可以让大家都听到。

朱　珠　他还说，宝宸还能在最后一刻作决定，是不是愿意当罪犯的女婿？

陈宝宸　李先生，我们今天来，是想请你去朱公馆，劝劝姑爹，收回他的话。

李还珠　你们已经劝过了吗？

朱　珠　（点头）很多人都劝过了。但他不听劝。他说，只要找到那封情书，你们就死心了。

陈宝宸　可即便找到了那封情书，也不能证明姑爹杀了人！

朱　珠　还珠哥，你去劝劝爸爸吧，小珠子求你了。（起身，向李还珠深鞠了一躬）

陈宝宸　姑爹病倒了，像是老了十几岁。

李还珠　（缓缓道）我，可以去看望朱先生……但，不会劝他
　　　　收回说过的话。

朱珠、陈宝宸　为啥子呢？

李还珠　他的话，已经对我说过了。

朱　珠　（恍然大悟）难怪！爸爸过年过节都一个人往外跑，
　　　　是跟你去商量了。你会信这些话吗？

李还珠　我信。

朱　珠　（高声）你居然信！那，是你怂恿他说的吧？

李还珠　我没有怂恿。是他自己的决定。

朱　珠　你至少是鼓励了他！

李还珠　我也没有鼓励。我是赞成！

朱　珠　（霍然而起，大骂）无耻！卑鄙！被嫉妒的火焰烧灼的
　　　　懦夫！

〔朱珠端起茶碗，泼在李还珠脸上。继而摔碎茶碗，
　掀翻了茶桌，举起椅子砸在地上。

〔立刻有很多人围观了过来。

〔陈宝宸使劲拉住朱珠。

陈宝宸　珠妹、珠妹……别让人看笑话！（强拉朱珠离开）

朱　珠　（悲愤、高喊）李还珠！小人！永远不准踏进朱家的门！（边喊边下，喊声渐弱）

〔李还珠站在原地，用手帕揩脸上的茶水，目送他俩离去。

凤凰三月

〔农历三月上旬，午后三四点。

〔朱公馆，三楼的大书房。推开的窗户，阳光落进室内。透过窗口，可以看见绿树新叶。

〔朱福田半躺在舒适的长沙发上，被子拉到胸口。亲友环伺，朱夫人坐在沙发沿，端一碗燕窝粥，正要喂他。

〔朱珠坐在靠近沙发的椅子上，面容憔悴。陈宝宸、关连长、大夫等一众人均肃然站立。蓬头垢面的卖炭翁跪在一边，合十为朱先生祈福；他身上仍穿着皮袍，似乎这袍子已然成了他的皮肤。还有一位银髯老僧跌坐于蒲团上，一直在念经、敲木鱼。

〔朱福田一向严峻的脸，松弛了，显得十分虚弱、无力，还有许多厌倦。

〔他伸出手，把朱夫人的调羹挡了回去。

朱夫人　（深情、焦虑、疲惫）福田，熬了一夜的燕窝粥，你好
　　　　歹喝两口。已经四天没有吃饭了……只喝水，这个病，
　　　　咋个扛得过去呢？

朱福田　我没有病。（指着大夫）你也回去嘛，好多病人在等你。

大　夫　朱先生就是我的病人。

朱福田　你医不了我的病。我得的，是心病……是心魔。

朱夫人　这个心魔，是李还珠塞进你心坎里去的！万了法师
　　　　为你念经驱魔，已经三天了。念到第七天，自然魔去病
　　　　除，你就复原了，满街也正是红男绿女的好时候。我们
　　　　一起去大慈寺捐功德，还要给十座庙子的如来佛塑金身。

朱福田　（淡淡地）我……活不到那个时候了。

朱夫人　福田，你咋个又在乱说呢！（悲叹）唉，李还珠害
　　　　了你。

朱福田　他没有……他是个大丈夫。

朱夫人　大丈夫？他是娶不到珠儿，才向我们朱家报复的。

朱福田　够了。每个人心头，都有一道坎。他的坎，他翻过
　　　　去了。我的坎，还要自己翻……

〔 朱夫人无奈地看了眼陈宝宸。

陈宝宸　（哀求）姑爹……爸！这些话，留到今后说。你先把燕窝粥喝了嘛。

朱福田　（摇头）见不到还珠，我不会喝粥，水也不想再喝了。我晓得，是你们不准他来看我的……今晚，我就死给你们看。

〔 众人面面相觑。

关连长　（猛一跺脚，恨恨道）李还珠，这龟儿子不是个东西！

陈宝宸　天地之间，居然会有这样的人！

朱福田　闭嘴！全给我滚出去……（缓缓合上眼睛）

〔 屋内一片死寂。

朱　珠　（大叫一声）爸爸！李还珠已在路上了，马上就到朱公馆。

〔屋内一片哗然，朱福田睁开了眼睛。所有人都瞪着朱珠。就连银髯老僧的木鱼声也停了。

朱　珠　（泣不成声）是我派人去叫的……妈妈，原谅我。

〔楼下，朱公馆大门外，传来一阵吵嚷声。继而，仆人大声吆喝。

仆　人　（幕后）李——副——官！——到！

〔李还珠、范二娃上。

〔范二娃右手捂着光头。李还珠向大家抱拳致礼；手里还握着一只小茶罐。

〔朱福田的眼睛陡然变亮，脸上现出喜悦。

〔大家默不作声，不作回应。

〔银髯老僧又继续敲木鱼、念经。

〔只有朱珠起身，走过去淡淡招呼。

朱　珠　你来了?

李还珠　公馆门口围了好多记者。他们认出我，揪住不放。二娃推他们，结果，被照相机把脑壳砸出个血包。

朱　珠　（伸手在二娃光头上摸了下，以示抚慰）幸好没出血……

朱福田　（怪声大笑）记者在等我死……让警察来抓我走!（一串咳嗽）还珠，你过来。

〔李还珠向沙发走过去，但关连长把他挡住了。

关连长　李老板，都到这个时候了，我还是再求你一回，劝劝朱先生。他糊涂了，但还会听你的。

朱　珠　（含泪，凝视李还珠）还珠哥……

〔李还珠对朱珠回以片刻的凝视，推开关连长，走向沙发。朱夫人起身让开。李还珠半跪在沙发前，把茶叶罐搁在朱福田枕边。

李还珠　我新进的明前茶。花，是去年的。不过，味道厚。

朱福田　谢谢还珠……你听到了没有？

李还珠　听到了，敲木鱼、念经。

朱福田　不，不是。

李还珠　不是？

　　　　〔所有人都一脸诧异，银髯老僧也停了下来。大家
　　　　都竖起耳朵在听。

朱福田　（向窗外指了下）鸟儿的叫声。

李还珠　（聆听）是麻雀。

朱福田　还有。

李还珠　杜鹃、点水雀。

朱福田　还有，蜜蜂……

李还珠　（摇头）没听到。

朱福田　要把细听……我是听到了。还有风在吹树叶子。

李还珠　（点头）听到了……

朱福田　我半夜半夜地醒着，听见鸟在树枝上走动，花开
　　　　了……多好啊。

李还珠　　是，真好。

朱福田　　我听懂了你哥哥说的话：清白、干净地活，一天就能享受到全部的幸福。现在，我敢于去看珠儿的眼睛了……

朱　珠　　爸！（抽泣不止）

陈宝宸　　（动情地）爸！

朱福田　　（只看着李还珠一个人）我说出了真相，可法官、警察、朋友、我的家人，都不相信我犯下过罪孽。承蒙佛祖的慈悲，我可以安心地走了，我的家人也可以继续享有清白的家声。这也算是一种圆满吧，还珠？

李还珠　　朱先生得偿所愿，我还能说不吗？（脸上浮现出微笑）

朱福田　　（用眼睛找到了范二娃）二娃，你说呢？

范二娃　　朱大老爷的事，教我打锅盔的何爷爷也晓得。他说了一句话："朝闻道，夕死可矣。"

关连长　　呸！一个打锅盔的老把子，装啥子圣贤！不看他太老了，老子明天就去打落他的大门牙。

朱福田　　（叹气）关连长啊……

范二娃　　（躲了一步，嘀咕）何爷爷的门牙，早就莫得了。

朱福田 （笑了一下）二娃，晓得何爷爷说的是啥子意思不？

范二娃 （摸大光头）他大概是说，早上上了道，一直走到黑，死了也值了。（说完，很没把握，看了李还珠一眼）

〔李还珠没有说话，也没有表情。

卖炭翁 （大怒，逼向范二娃）放屁！朱大老爷是天字第一号的大善人，我祈祷佛祖保佑他，长命百岁！百岁都不止！

众　人 （突然听见哑巴开口，大吃一惊）啊？……

范二娃 （后退，略带嘲笑）你是哪个哦？

卖炭翁 我是哪个？（提起双手，把乱蓬蓬的花白长发朝脑后抹了好几下）我是哪个！看清楚，老子是岷江上专干绑票勾当的半边黑！（他脸上现出一块触目惊心的黑胎记）

〔满屋哗然。朱夫人吓得用手捂了下脸。朱珠抱住陈宝宸的胳膊。就连朱福田的脸上，似乎也在轻微颤抖。

〔关连长提起拳头，随时准备给卖炭翁致命一击。

李还珠　（大笑）你哥子硬是命大哦！咋要来自投罗网呢？

卖炭翁 / 半边黑　说来话长。我绑了朱大老爷的票，被李副
官救下，罪当该死。但朱大老爷以德报怨，请李副官放
了我，算是捡回一条命。我后来打听到朱大老爷的真实
身份，是富甲成都的巨商！于是，又起了打猫儿心肠[12]，
想来朱公馆捞一笔。

关连长　还想杀人劫货？

卖炭翁 / 半边黑　不。

关连长　没胆量？

卖炭翁 / 半边黑　我半边黑从不缺胆量。我是个恶人，恶向
胆边生，啥子事情不敢做！岷江上，被我砍头落水的客
商、撕了票的肥猪，不晓得有好多。但，人心都是肉长
的，朱大老爷留了我一条命，我万不能再伤朱家人的命。
为啥子？我再恶，也怕报应啊！

关连长　哈哈哈，你怕又有啥子用！凭你手上的命债，你还
能得善报？

卖炭翁 / 半边黑　善报、恶报，我早已经不在乎。但！我的
子子孙孙还是在乎啊！我不能让老天爷的霹雷，打到他

们的头上。

陈宝宸　所以，你就装成个送炭的哑巴穷老头，到朱公馆来
　　探路子？

卖炭翁／半边黑　是的。

陈宝宸　那，你在朱公馆下了几回手？

卖炭翁／半边黑　（摇头）一回也没有。

军官甲　（大笑）奇了怪了。贼娃子不偷钱包，强盗不杀人，
　　就等于和尚不念经……我肯信！

　　〔朱福田叹了一口气。银髯老僧干咳了几声。

卖炭翁／半边黑　凭我做贼的本领，不到一个月，朱公馆已
　　摸得熟门熟路了。那为啥子我不下手？不忍心。我亲眼
　　看到，朱家虽然富甲成都，但生活俭省，比江口镇的土
　　财主都大不如。对下人，对我这个送炭的，都是很和气，
　　讲礼性。他们把大笔的钱，都拿去捐给了穷人。（用力拍
　　打身上的皮袍）朱大老爷送了我皮袍，自己穿的是旧棉
　　袍……天下有几个这样的有钱人！我想改恶从善，给他

做车夫、跟班，替他挡子弹。活菩萨，不能死。活菩萨，咋可能是杀人犯？（指向李还珠）你！都是你乱说的！

李还珠 不是我说的，是朱先生说的。（呼出一口气）他说的话，我信。

众　人 （七嘴八舌）我不信！我不信！咋个可能嘛！

朱福田 （摆手）别闹了，让我静一会儿。

〔安静，笼罩着书房。从窗口，传来悦耳的鸟鸣。阳光在地上铺成金黄的一大块。

朱福田 （对着李还珠）正月十五，元宵夜，我第二次来你家，并让你记住，我去而复返这件事。晓得为啥子？

李还珠 （摇头）不晓得，也没多想。

〔众人的目光都投向沙发，仔细地聆听着。

朱福田 我想杀死你！我袖筒里握着刘司令送我的小手枪，差一点就再做了一次杀人犯。

〔　所有人，包括李还珠，都"啊呀"了一声。银髯老僧双手合十，不停地念"阿弥陀佛……"

李还珠　是怕我泄露了你的秘密吗？

朱福田　不，我不怕。

李还珠　那是为啥子？

朱福田　因为，我恨你。

〔　众人面面相觑，又似乎若有所悟。

朱　珠　爸爸，你在说梦话！这辈子，女儿从没见你恨过一个人。

卖炭翁／半边黑　（仰天悲号）朱大老爷啊！

朱福田　是的，我恨你。你的幼稚、鲁莽、干净、清白，不仅是镜子，照出了我的肮脏，也成为，我良心的法官！我想，如果我不说出真相，这个人就会永远地、无声地，蔑视我。说我恨你，更莫如说，我怕你。我自卑。我被蔑视。你蔑视我，我蔑视我自己。在这种折磨中，我想杀死你这个唯一晓得真相的人，然后就自杀。从此，把真相、良心、蔑视……统统抹得干干净净的。

朱夫人　（哭号）福田啊，你在说些啥子哦！

陈宝宸　爸糊涂了，他根本不晓得自己在说啥子。

李还珠　那，朱先生，为啥没有杀我呢？

朱福田　可能是佛祖的开示。看见你明亮的眼睛，我忽然醒悟了。好多年了，我很想也有这样一双眼睛……我不能再错过最后的机会。

李还珠　那，为啥也放弃了自杀呢？

朱福田　因为，我想接受审判。

关连长　（指李还珠）该接受审判的，是这个人！

朱福田　（充耳不闻。他的眼睛，寻找到朱珠）我死了之后，烧成一把灰，撒入锦江，经过弯弯拐拐，很多河流，流进大海，可能就已经干净得多了……

朱　珠　（哭号）不！

朱福田　还珠，你让一个大善人身败名裂了，茶铺，也怕是开不成了啊……

李还珠　（笑）那，我就代我哥哥去当和尚。

朱福田　就在大慈寺吗？（苦笑）恐怕成都，你已经待不下
　　去了。

李还珠　（摇头）千佛寺、万佛寺，供的是同一个佛。天下的
　　庙子，也无非都是大慈寺。到时候再说嘛。

范二娃　（大叫）小少爷，我不准你剃光头！

　　　〔朱福田想说什么，但剧烈地咳了起来。

陈宝宸　够了！太平日子，就被这主仆二人搅得天下大
　　乱了！

　　　〔陈宝宸、关连长架住李还珠的胳膊，往外拖。

范二娃　（扑过去）小少爷！

卖炭翁／半边黑　（大骂）反了你这个青沟子娃儿[13]！（抓住范
　　二娃的衣领，也往外拉）

众　人　滚！爬出去！

〔朱夫人抓起茶罐，怒向墙上砸去：击中了字画，碎片落下来砸到古筝，再跳落在地上。古筝发出一片惊心的乱响。

〔朱福田疲惫地闭上眼睛，但还是在咳嗽。

〔渐渐地，咳嗽声减弱了。

〔茶味在书房中流淌。众人都深深吸了一口气。

〔窗外，持续传来鸟鸣声。

〔光线渐暗，渐黑。

众　人　（在黑暗中七嘴八舌）好香！好香哦！啥子味道呢？
朱　珠　（沉默良久后）茉莉花茶。

〔随后，又是短暂的静默。

〔沧桑、沉着的男中音，开始讲述剧情的结局。

讲述人　（幕后）七天之后，朱福田过世了。朱珠把父亲厚葬于凤凰山朱家墓园，刻碑立传。入土之日，七十二个和尚念经。方圆百里内，受过朱福田恩惠的人，都来烧香磕头。再过半年，陈宝宸变卖了朱家的家产，带着朱珠和岳母，移居上海。半边黑恳请随行，做一个忠实的看门人。朱珠谢绝了，但给了他一笔钱，让他买田耕种，做一个本分的农夫。

李还珠、范二娃也离开了成都。有人说，主仆二人在山西五台山出了家。也有人说，他们去了广西桂林，开了第一家川菜馆。店堂的壁龛上，供着慈眉善眼的财神菩萨。

〔川剧的锣鼓点在黑暗中渐响，渐强，渐弱，渐远……仿佛有很多人走来了，又离开了。

【幕徐徐落下·剧终】

2023年11月1日—12月28日	一稿	45700字
2024年1月2日—1月4日	二稿	46200字
2024年1月14日—1月19日	三稿	46000字
2024年1月20日—1月21日（深夜）	四稿	
2024年1月22日—1月30日	五稿	
2024年2月1日—2月4日	六稿	
2024年2月9日—2月16日	七稿	46300字

［注释］

1　醒豁：清醒、清楚。

2　指拇儿：手指头。扳起指拇儿算，就是扳着手指头计算。

3　苏气：有漂亮、高级之意。李劼人先生说："成都方言，称人大方、漂亮曰苏气；穿着齐整而修饰入时者，亦曰苏气。"（引自李劼人《死水微澜》，四川文艺出版社2020年8月第三版，17页。作者注。）

4　扯闲条：闲聊、谈天，跟成都话中的"摆龙门阵"相似。

5　冷瓜：四川方言中，瓜是傻的意思。冷瓜了，即冷傻了，极言其冷。

6　大声武气：说话声音很大，且比较粗鲁。

7　虾爬：四川方言，意思为胆小鬼、懦夫。

8　二不挂五：不正经、不体面。

9　烂酒：四川方言，有嗜酒如命、烂醉如泥的意思。

10　二天：今后、以后。

11　惊风火扯：大声嚷嚷、一惊一乍。

12　打猫儿心肠：坏心眼，整人、坑人、占人便宜的心思。

13　青沟子娃儿：指没见过世面、不谙世事的年轻人，带有轻蔑之意。

陀思妥耶夫斯基
与
我

何　　　　2017 年你出版了文艺随笔集《记忆的尽头》，其底本是一部课堂讲义，里边讨论了若干对你有影响的作家，但无一字提到陀思妥耶夫斯基。这是否是说，你对陀翁其实相知很晚，甚至可以说，是近些年才接触到他的作品？

大　草　　似乎如此，但并非如此。我十七八岁时，就读到了他的小说。那时"文革"结束还不久，我刚念大学，文学大潮正在澎湃，书和杂志在同学之间飞快地传来传去。我有一天到手一本封面已经脱落的杂志，纸张粗糙、印刷劣质，却挤满了三部外国经典中篇小说，其中之一是《白夜》。我都囫囵吞枣地读了，读完也没能完整记住"陀思妥耶夫斯基"这个拗口的名字。但它的场景有难忘的感染力，梦幻般的白夜，一场空。

　　　　那时候，1966 年之前的书和电影正纷纷解禁。不久之后，我又看到了摄制于 1950 年代、根据陀翁同名小说改编的苏联电影《白痴》：疯狂的、神经质的、毁灭的爱，带给我强烈的不安。影片中的梅什金公爵留着一撮山羊胡子（也许还更浓密些），看起来像个小老头，我不太喜欢。但纳斯塔霞·菲利波夫娜则有一种闪闪发光的、邪恶的美，她的激情可以火山般喷发，也能够陡变为一场雪风暴。相比之下，《白夜》中的娜斯晶卡，太像小家碧玉了。

多年之后，我还看到了黑泽明版的《白痴》。说实话，很失望。影片中的梅什金公爵（龟田），看上去像个真正的白痴。扮演纳斯塔霞·菲利波夫娜（妙子）的原节子，则骨子里依旧不脱一以贯之的清纯，跟激情和邪恶之美毫不沾边。而节奏之拖沓，硬是把引人入胜的情节剧，拍成了闷片。这是很让人叹息的。

何　　这是不是让你由此对黑泽明的电影产生了低估？

大　草　也许恰好相反吧，我对黑泽明更为敬佩了。我是由此注意到，黑泽明的思想库中，托尔斯泰、陀思妥耶夫斯基、莎士比亚，以及梵高等，占据着重要的位置。而这些他注目或吸收的大师，不仅是强大的，而且是强烈的。这就使黑泽明的电影，从整体上有了一种卓然不凡的大。他的《姿三四郎》《七武士》《乱》，我看过好多遍，可谓看之不够。

相比而言，我在有限视野内看到的日本艺术家、作家，则多用蜿蜒、精妙的曲笔，绕来绕去，颇有意味地展示出幽玄、微妙、暧昧的情感。这是很有价值的，但也能见出某种深度自恋带来的小。

何　　你刚才同时提到了托翁和陀翁。他们被视为俄国文学的最高峰，但代表着两极，一个是正的，一个是负的。你以为如何？

大草　我不以为然。托翁、陀翁都是强烈型的艺术家、思想家，他们的作品，也都是对正面价值——爱、美、真理——的求索和肯定。陀翁的小说压抑、阴郁，书中的变态之人比比皆是，但他怀着温情刻画出的梅什金公爵、佐西马长老、阿辽沙等等，和托翁笔下的安德烈公爵、皮埃尔、娜塔莎、列文一样，都象征着世上的光。

何　　　记得你在备课时，曾参考过纳博科夫的《文学讲稿》《俄罗斯文学讲稿》，而纳博科夫对陀翁是极为贬低的，很是不屑的。他说："陀思妥耶夫斯基算不上一位伟大的作家，而是可谓相当平庸……我一心想拆穿陀思妥耶夫斯基……俄罗斯文学的命运之神似乎选定他成为俄国最伟大的剧作家，但他却走错了方向，写起了小说。"这些结论，对你产生过影响吗？

大草　　是的，产生过影响。这让我更为仔细地阅读陀翁的小说，并感受到了他的复杂和伟大，远超过才华飞溅、口无遮拦的纳博科夫。

何　　　既然纳博科夫有才华、有见识，为什么要刻毒地贬损陀翁呢？

大草　　我估计原因有三。一、以人废文。陀翁出身寒微，但一生以贵族自居，且为人既傲慢又粗鲁，还嗜赌成性；据说，还传出过性侵少女的丑闻。而纳博科夫则是以生于正统上流之家为傲，对陀翁抱以不屑，《俄罗斯文学讲稿》中，踩陀翁的第一脚，就是用冷嘲口气，描述陀翁原生家庭之贫穷。二、嫉妒。俄国文学在西方曾经影响巨大，陀翁一度超过托翁，光亮刺目，无人可及。而在博纳科夫心目中，唯有他本人可以跟托翁同坐俄国文学的第一把交椅。三、小说艺术观的相异。但其实异中有同。纳博科夫看不惯、也看不起陀翁小说中的戏剧性，尤其是层出不穷的、令人眼花缭乱的情节反转。然而，纳博科夫的小说，譬如《洛丽塔》，也是戏剧性的，也有若干的反转。只不过，陀翁把戏剧性做到了极致，从而赢得了读者和更为久远的时间性。今天，在中国的纯文学读者中，《卡拉马佐夫兄弟》《罪与罚》依然是超级畅销书。

我对陀翁小说着迷的原因之一，正是他的戏剧性：经过不断地反转，把笔触深入到了人性的黑暗深渊里。

何　　就是陀翁小说中的戏剧性，让你动了心思，要把《卡拉马佐夫兄弟》改编为话剧吗？

大　草　是，但不完全是。

　　我念小学、中学时，看过的舞台剧多为革命样板戏。"文革"结束后，有一台话剧轰动全国，叫做《于无声处》。我在报上读完了剧本的全文连载，觉得很过瘾。后来又看见报上有人说，《于无声处》从情节到结构，都借鉴了曹禺的《雷雨》。但我没听说过曹禺，更没有读过《雷雨》。所幸，一位同学家有，他很慷慨地借给了我看。一看之下（是连看了两遍），真是痛快。痛快之后，却又是持久的忧郁和压抑。后来就到处找话剧读，可再难找到这么听惊雷、淋暴雨的感觉了。曹禺的其他剧本我也读了，《日出》《北京人》《原野》，包括《王昭君》，很好读，似乎他的剧本写来就让人阅读的，类似于话剧体小说。但读过之后，就忘了，没留住多少印象，人物大多是模糊的。

　　不过，读话剧剧本的爱好，我一直保留了下来。复读次数最多的，是田纳西·威廉斯的《欲望号街车》。也反复看过马龙·白兰度和费雯丽主演的同名电影，很喜欢。不过，我以为，没有《欲望号街车》，马龙·白兰度的星光会黯淡一点。而没有马龙·白兰度，《欲望号街车》依然会成为舞台剧的经典，里程碑中的纪念碑。

写一部话剧，该是一件多么冒险、刺激的体验。这体验无关乎成败，写出来就是幸福。

何　　明白了，你是着了迷，想吞下这一份幸福。

大　草　话剧的魅力，恰好不是独吞。是写出来，发出声音，与众人分享。

何　　好吧，分享。请问，在写《大慈寺》之前，你还创作过多少部剧本与人分享呢？

大　草　很惭愧，仅仅有一部，是念小学时，和小伙伴合作撰写的。剧名已忘了，但情节仍清晰记得，讲两个国民党特务从台湾潜入大陆，一个是瘸子，拐杖的把手旋开，就是一部发报机；一个是瘪三，又干又瘦又傻。他们干的坏事，是半夜去街上撕大字报，破坏"文化大革命"。红小兵们心明眼亮，悄悄埋伏下来，手持红缨枪，一举抓获了特务。在某个庆典之夜，这出剧在家属大院上演，演员都是孩子，两个特务演得洋相百出，观众们笑得眼泪飞。很多年之后，我以这件事为素材，创作了中篇小说《岁秒》。这是我过的第一次话剧瘾。

何　　　幼稚可笑，而且算原创，哈哈哈！就是这个原创，让你对写话剧有了信心？

大　草　不。这个所谓的原创，只是个引子。话剧是对话的艺术，话中有话、潜台词、弦外之音，等等。通过对话，交流、交锋、推进情节，刻画人物。我写了三十年小说，很迷恋对话，有些小说的章节，就写得像是话剧的剧本。可以说，我一直在小说中做话剧梦。

何　　　《大慈寺》走的是改编路线。那么，是什么原因，挑中了《卡拉马佐夫兄弟》呢？而且是这部巨著中的一个容易被读者忽略的故事？

大　草　我初读《卡拉马佐夫兄弟》时，就被这个故事吸引了，反复阅读、回味过很多回。为什么呢？因为在这部无数人熟知的浩瀚长篇中，这个故事带来了一种陌生的冲动。
　　　　　但，虽然有陌生感，这个故事却浓缩了陀翁小说的所有主题：嫉妒、罪行、假面、真相、审判和自我审判，放逐与救赎。有一阵，每天这个故事都在我心底翻起来，折磨我、引诱我，我听到一个沙哑的声音：你不来试试吗？

2020 年 4 月，我读到了约瑟夫·弗兰克《陀思妥耶夫斯基》第五卷《文学的巅峰》，书中有一段话，说陀翁本人曾想把这个故事改编为剧本。然而，他享年仅 60 岁，到离世也没来得及得偿所愿。

我想，我就来把这件事做了吧。5 月的一个晚上，天气炎热，在屋顶上的樱园喝茶时，我跟经纪人燕总说了想改编《卡拉马佐夫兄弟》的念头。燕总说，很好啊，期待。语气中，无一丝怀疑，似乎这正是我该做的事情。当晚回家，我就在一个巴掌大的纸质笔记本上，写下了话剧的大纲，且将之命名为《大慈寺》。

剧本完成之日，已经是 2024 年 2 月了，七易其稿。写作期间，我看见剧中的人物在我身边走来走去，他们的说话声、笑声、哭声、呐喊，都响在我的耳朵边。终于写下"幕徐徐落下"时，我才感觉自己从另一个世界回来了。

何　　　　且慢，还得请你留在剧中一会儿。你是基于什么理由，选择了要让剧中人说四川话？

大　草　理由很多，概括起来，主要有二。一、陀翁的小说植根于俄罗斯，但因其深刻性和洞察力，使之可在任何有人生活的地方，找到对应或回应。作为四川盆地之腹地，民国成都也具有《卡拉马佐夫兄弟》生长的土壤。二、陀翁是一个巨大的存在，我在向他致敬的同时，也试图走得离他远一点：放开手脚去改编，剧本来自他的小说，但不受拘束于他的小说。一方面加强本土的风土人情、时代氛围，一方面增添人物，改造情节，让人物用四川方言发出自己的声音。

　　　　话剧是发声的艺术。当人物用四川方言念出台词时，这个十九世纪的俄国故事，会焕发出新的生命力。

何　　　　方言小说、电影、话剧，可能本土人看得有滋有味，但外乡人却云里雾里。你是不是在冒一种风险呢？

大　草　也许吧。任何有追求的写作，都是冒险。中国古代的艺术家说，"务追险绝。"不冒险，一切作品都是平庸的。陀翁自己，就是个不可理喻的冒险家：赌桌上逢赌必输，写作中出奇制胜。

四川话属于北方语系，除了少数生僻的字、词、句，几乎人人能听懂。但，最为重要的是，四川话大开大合，高得上去，低得下来。有两句俗语，形容四川人的嗓门，一个叫：大声武气；一个叫：悄悄咪咪。大声武气，就是吼，你隔墙、隔街都听得见，他是在说想让天下人都晓得的事！悄悄咪咪，不仅是低音量，也是遮遮掩掩、欲说还休，你伸长了耳朵也未必听得明白，那是秘密、说不出口的隐私。

四川方言，宛如川剧的滚灯、吐火、变脸，有过目难忘的强烈性，天生就是最适合话剧的：它不是向内收缩的屏障或盾牌，相反，是向外拓展空间的剑与矛。

何　　　嗯，说得似乎有一些道理。不过，你还是先做好挨骂的准备吧。

大　草　好啊。如果有人骂，说明他是陀翁忠实的读者，我高兴。如果有人鼓掌，说明《大慈寺》沾了陀翁的光，连带受到了表扬。总而言之,无论笑骂,都是致敬陀思妥耶夫斯基。

何　　最后一个问题。《卡拉马佐夫兄弟》约有 70 万字之巨,主线上有分线、分线又分线,故事中套故事,就像一棵嵯峨的巨树。《大慈寺》所依据的故事,只是这棵巨树上的一根枝丫,而且如你所说,很容易被读者所忽略。那么,你会把这根枝丫生长在哪一卷哪一章告诉读者和观众吗?

大　草　不,我不会。我期待他们看了《大慈寺》之后,倘有兴趣,自己去寻找。在寻找枝丫的过程中,可以增进对巨树的了解,进而有新认识。

何大草

2024 年 9 月 30 日—10 月 8 日

温江江浦

图书在版编目（CIP）数据

大慈寺 / 何大草著 . -- 广州 : 广东人民出版社，
2025. 5. -- ISBN 978-7-218-18484-5

Ⅰ . I247.5

中国国家版本馆 CIP 数据核字第 2025G3M146 号

DACI SI

大慈寺

何大草　著

出 版 人：肖风华

责任编辑：熊　英
书籍设计：此　井
责任技编：赖远军
营销编辑：小　飞

出版发行：广东人民出版社
地　　址：广州市越秀区大沙头四马路 10 号（邮政编码：510199）
电　　话：（020）85716809（总编室）
传　　真：（020）83289585
网　　址：http://www.gdpph.com
印　　刷：北京美图印务有限公司
开　　本：787mm×1092mm　1/32
印　　张：5.75　**字　　数：**78 千
版　　次：2025 年 5 月第 1 版
印　　次：2025 年 5 月第 1 次印刷
定　　价：52.00 元

如发现印装质量问题，影响阅读，请与出版社（020-85716849）联系调换。
售书热线：020-87716172